挫指柔

陈九中篇小说集

陈九 著

作家出版社

图书在版编目（CIP）数据

挫指柔：陈九中篇小说集 / 陈九 著. -- 北京：作家
出版社，2016.5

　　ISBN 978-7-5063-8944-0

　　Ⅰ．①挫… Ⅱ．①陈… Ⅲ．①中篇小说 - 小说集 - 中
国 - 当代 Ⅳ．①I247.5

　　中国版本图书馆CIP数据核字（2016）第113587号

挫指柔——陈九中篇小说集

作　　　者：陈　九
插　　　图：卞丽珠
责任编辑：王　烨
装帧设计：意匠文化·丁奔亮
出版发行：作家出版社
社　　　址：北京农展馆南里10号　　　　　邮　　编：100125
电话传真：86-10-65930756（出版发行部）
　　　　　　86-10-65004079（总编室）
　　　　　　86-10-65015116（邮购部）
E-mail:zuojia@zuojia.net.cn
http://www.haozuojia.com（作家在线）
印　　　刷：三河市紫恒印装有限公司
成品尺寸：152×230
字　　　数：200千
印　　　张：14
版　　　次：2016年6月第1版
印　　　次：2016年6月第1次印刷
ISBN 978-7-5063-8944-0
定　　　价：33.00元

目 录

抢吧，你就使劲抢吧（代序）/ 邱华栋　　　1

挫指柔　　　1

老史与海　　　41

同居时代　　　77

水獭街轶事　　　108

跟尼摩船长出海　　　145

后 记　　　189

抢吧，你就使劲抢吧（代序）

邱华栋

几年前，是天津作家赵玫夫妇向我推荐的陈九，说他是一旅美华人，长居纽约，小说写得很好，还立马给我发来一个他的中篇小说《跟尼摩船长出海》。那段时间里，《人民文学》杂志正在为推动第二波"新海外华人作家群"的稿子而四下打听，寻找目标呢，所以，欢迎朋友推荐稿件。

这陈九的中篇小说《跟尼摩船长出海》我一读，就有些放不下了，还真是不错，读起来有王朔的那种幽默、凌厉、机智的文风，但我还想呢，怎么这海外华人中间，也能有京油子卫嘴子的风格冒出来呢？他们应该是典雅范儿、英伦风或美国大陆风格才对啊？难道我看花眼了？难道，是一个年轻的小说天才冒出来了？一身小汗直往外冒，我读到好小说，就是这种兴奋劲儿。

后来，《跟尼摩船长出海》由《人民文学》杂志发了出来，很快就受到诸多好评，这部中篇被多家选刊选载，说明我们对他的推动被广泛关注，他的几部中篇也四处开花，声名鹊起。

过了几个月，有一天，一个儒雅、精干的中年男人，模样有点像公务员，走进了我稿件比人高的办公室，说："我是陈九。"

我愣了一下："您真是陈九？"

他笑了，很谦虚很内敛，"可不，我就是陈九。"

可能在我的想象里，这陈九一定是一个青年帅哥，二十多岁，三十出头，长发飘飘，潇洒至极，没想到啊没想到，眼前的陈九年龄稍大，中年人，而且文雅、稳重。一副谦谦君子的模样，让我大跌眼镜，虽然我不戴眼镜。

这真的是和小说风格不相符哎，这"文如其人"简直就说不过去哎，怎么这就是陈九呢？我错愕了好一阵子，就笑了。

然后，就宾主言谈甚欢。然后，我才知道，陈九在京津两城都生活过，生于天津长在北京，在纽约居住了很多年，人家还真是公务人员——在纽约市政府工作，是标准的美国政府雇员。哎哟妈，这新华人作家群中真是什么人都有哎。陈九还给了我一本他在三联书店出版的谈纽约的散文集《纽约第三只眼》。

所以，说到陈九，假如要给他的文学身份定位的话，就一定要说说"新海外作家群"的出现。

当时，2010 年前后，我们已经推动了第一波的新海外华人作家，这些作家有不少，如陈谦、陈河、张翎、薛忆沩、袁劲梅、张惠雯等二十多位，大部分住在欧美，少部分住在亚非拉，却都用中文写作，写的又都是海外华人在广大的世界里的人生新经验，给当代华文写作提供了新鲜而独特的文本，这是在全球化时代里，必然出现的一种写作现象。

新华人作家无论生存状态，还是精神面貌，都和前辈华人作家不一样。他们笔下的世界，是美国硅谷故事、是巴黎的夜晚、伦敦郊区的暗黑世界，是对历史上华人劳工的重新打量，是新加坡的故事和沙捞越的战事记忆，是从内心到外部世界迥然变化的华人景象。

而且，随着中国大陆的日益开放强大，海外华人的群体自然也越来越壮大，人群大了，中间肯定有写东西的人，这"新海外华人作家群"也就日益壮大，不断有新人冒出来。

陈九就是他们中间一个非常值得重视的、正在冉冉升起的好小说家。他以他的风格和题材的独特性，让我们为他叫绝。比如《跟尼摩船长出海》中这段：

> 晚秋的长岛变幻莫测，气温像海浪一样跌宕不定，昨天还暖洋洋，今天就可能穿棉袄。在这里住久了，你会对"一方水土一方人"的说法有更深的感受。气候，环境，土地，海洋（没海洋江河也行），尤其后两样儿，才是决定性的。而所谓人，文明，不过是派生物而已。就像种庄稼，人本质上其实是从水土里拱出来的，跟韭菜大葱完全一回事，我和尼摩船长就是大葱洋葱的关系，都觉得自己是棵葱，正好葱爆肉，大葱爆还是洋葱爆，于是谁也不服谁。

我一边读着他的小说，我一边笑：抢吧，你就使劲儿抢吧！陈九的语言风格我在前面说了，带有京油子、卫嘴子的浑不吝，但内里却有一种现代精神，他笔下的华人，在精神状态上非常积极进取。再比如：

> 黄昏的海面笔直又舒缓地横陈在我面前，恣意挥洒。浓烈的落日被海水放大得铺天盖地，像万花筒，也像哭泣一样令人动容。我的目光，被一个虚拟的终极目标牵引，伸向远方。这是长岛湾一年中最妩媚的时刻，只有收获的季节，成熟的季节，海水才如此丰盈多情。仿佛女人，只有收获季节的女人，成熟欲滴的女人才真正懂得温柔。海风很凉了，它把遥远的汽笛声轻轻推向我的脸庞，仿佛冰可乐的瓶子擦过面颊，惊异又爽朗。浪花从深处赶来，漫过我的赤足，宛如衷情的追求者一波波向我倾吐。我想到尼摩船长，不禁弯腰尝了口海水，的确非常苦涩。尝海的感觉与看海不同，分量

和质感是很难看出来的。无论男人女人包括尼摩船长，只有尝过才知，他们究竟是顶着门儿的手枪，还是柔软的指甲油。我情不自禁站起来，绷直身体打开胸襟，从最本质的地方体验岁月轮回时光如晦的男性感觉。此刻我需要这种感觉，就像需要空气一样。憋住这口气，我就敢一猛子扎进海里，看看冒出来的地方到底是利物浦还是上海。

陈九小说所涉及的，大都是中西文化的交融和冲突，互相辨识和最终认同的过程。在这一过程中，都有有趣的人物形象，有意思的人物故事，有特点的环境背景。这些叠加起来，就给我们形成了这样的印象，那就是，新华人不悲催、不血泪、很努力，而且，有意思。像《老史与海》中的这段：

　　每年八月中下旬是飓风肆虐的时刻。这时的海洋，骚动不安热血澎湃，似乎急不可待渴望某个重大庆典的来临。在加勒比海和墨西哥湾上空形成的热带风暴，胁云劫雾以两百公里的时速，伴大量雨水，与其说哭嚎不如说亢奋，如期而至。此刻的世界根本分不出海天的区别，海水长天完全浑然一体，浪在向上翻云则往下卷，泪水汗水连同巨大的呼吸与咆哮，把世间一切来他个扫蹚腿。人们爱说天人合一，格局太小了，一听就是陆地语言，在海上生活过的人绝不会说这种话，能够与天合一的唯有海洋，天只有与海狂欢才能高潮迭起淋漓尽致。老史称这种景象为海天在做爱。有一次返航正赶上暴风雨，船体在浪尖上圆舞曲似的跳动，尾部的海志旗呼列列发出惊恐的颤抖声。我拉紧扶栏一动不动，心底一片空白。可老史却跳到船头，脱下亮黄色雨衣狠命一抛，双臂伸向天空大喊起来，"做吧，做吧，做你该死的爱吧！"雨水迅速裹挟了他，赤裸的上身湿漉漉闪着白光。就在浪花把船头掷向空中的一刻，老史的身影笔直地刺向激悦的云层，分明就像大海挺起的阳具一样。那真是个惊险的时刻，我被震撼得灵魂出窍目瞪口呆。现在，飓风真的来了，这是海天一年一度的浪漫时节，说到底也是大自然的浪漫时节。中国牛郎织女的故事发生在每年七夕，恰恰是公历的八月中下旬。在同一时间段里，东方在银河中陷溺，西方在海洋上交媾，东方想上天，西方欲下海，这是何等奇妙的巧合啊。

陈九的小说有意思。这是我的总体感觉。做了那么多年的编辑，我读了很多没意思的小说，所以，我想，无论是对于我这个职业编辑、作家来说，还是普通的读者来说，有意思的小说，肯定都是很重要的。

读读收在这本集子里的五部中篇小说，读者肯定认为我此言不虚。你看，无论是《同居时代》《老史与海》《挫指柔》《水獭街轶事》《跟尼摩船长出海》，每一篇都很有意思。能做到这一点，陈九，你已经是个大手笔了。

祝贺陈九这本小说集的出版，也感谢慧眼识书的作家出版社。

2016年3月

挫 指 柔

挫指柔，据说为中国北方民间流传的一种罕见神功。我曾在互联网上百度搜狐雅虎过，迄今未找到任何关于它的蛛丝马迹。我亦请教过常居纽约的武林高手华先生，他是李安导演的影片《卧虎藏龙》的武术指导之一，他也说，根本没这么个东西。不过我坚信，它确实存在，甚至就在此时此刻。

1

是的，为这事儿我和小麦克李文有过争论。

我俩在曼哈顿合开的律师事务所主要承接公司方面的法律业务，很少管个人意外赔偿这类民事案件。这些年我们做得有声有色，不久前还因打赢讯朗公司产品被侵权案上了《纽约时报》和《华尔街日报》，讯朗公司总裁沃顿先生搂着我肩膀的照片比巴掌还大，占据不少版面。他眼含泪水，因为这是该公司多年来第一次不仅赢得官司，还终于拿到赔偿金，给这家苟延残喘的老牌企业争得一丝回光返照的颜面。庆功宴上小麦克李文喝得满脸通红也没忘警告我，彼得，再怎么着也别卖讯朗公司的股票，打官司我不如你，投资你可不如我，别忘了我是犹太人，记住哇。

小麦克李文这次仍然拿钱说事儿，彼得呀，咱不是说好不再接这种个人赔偿案吗，挣不到几个鸟钱，管他干屁。我俩当年在他父亲老麦克李文律师楼打工时就经常处理民事诉讼案。那时被美国橄榄球明星辛普森杀害的青年情侣的家人，在向辛普森索赔的民事诉讼中，老麦克李文就是律师团主将之一。他所有文件的处理和材料准备，包括陈述摘要都是我和小麦克李文做的。我们自己开业后，开始还接过这类案子。后来公司客户越来越多的确忙不过来，就把这块业务停了。小麦克李文说的正是这意思，美国律师主要还是挣钱，有理没钱再怎么也不行，这案子是为被告辩护，打赢也就挣笔律师费，没有赔偿分成，穷忙活什么呀。

可实际情况并非像他说得这么简单。首先此案知名度甚高，纽约几乎所有主流媒体都在报道并追踪这个案子，因为它太离奇，根本没听说过。纽约波莱顿公立初中，一个姓多尼的八年级男生和他父亲，在一次家长会后，儿子的左手父亲的右手无端就粉碎性骨折了，不是一般的粉碎性骨折，是两只手各碎十多处，几乎一模一样，非常均匀。两人都是从学校回家几小时后，突然发现手不能动了，到医院检查才知是粉碎性骨折。医生也十分困惑，说从未见过这种病例。多尼父子回忆当时情景，终于想起在学校时，曾与一位中国家长，应该叫纪季风的男士握过手，他一定是使用中国功夫或某种"魔力"将他们的手弄残，除此实在想不出还有其他的可能。于是多尼先生一纸诉状把纪季风告上民事法庭，索要伤害赔偿每人各两百万美元。纪季风一下傻了，尿裤子了，说他根本记不清是否与多尼父子握过手，就算握过也不可能造成他们粉碎性骨折，因为他根本不会中国功夫。情急之下，他向纽约著名黑人民权领袖敦普夏牧师求救，呼吁他制止这桩旨在歧视少数族裔，向弱势群体转嫁灾难的不公平行为。该牧师不久前对媒体发表严正谈话，称这个诉讼案是白人的一贯伎俩，是无以复加的荒唐，并要求法庭立刻撤销此案。

打这种"公众形象"官司考虑得不能光是钱，小麦克李文后来自己也承认他的看法太偏颇。另方面，我认为这是个费力不多而必赢的案子。你想啊，能把人手碎成十多片儿的绝非人力可为，别说中国人，就是让阿里或泰森这类重量级拳王试试也白搭，什么中国功夫呀，拉倒吧，谁能证明，怎么证明，太邪乎了。多尼父子不定鼓捣什么东西把手弄残了想赖别人，找垫背的，他们也不把故事编圆了再说，就凭这点儿难以证实的指控，陪审团能判纪季风有罪？判他有罪不就等于承认超人的存在，世上真有超人？简直荒唐。

这种捡便宜的案子开始我没想接，因为想接的律师一定很多，我们又不是没饭吃，大可不必跟着起哄架秧子。据说斯波拉律师有意代理此案，那就更没必要跟他争了。斯波拉老头人不错，就是好饮，每饮必醉，甚至几次误了庭期，但愿这次他少喝点儿。问题是有些事它不以人的意志为转移，生往你身上撞躲都躲不掉，这才是我最终说服小麦克李文的主要原因。

就在两天前的下午，秘书玛丽说有我电话。纽约所有律师楼都有同样的职业习惯，律师一般不接电话，都由秘书留记录，事后酌情回电，这样既省时省力也免去一些不必要的麻烦。不过今天这个电话很怪，玛丽吞吞吐吐地说，好像是我舅舅从中国打来的。舅舅？我顿感迷惑。没错，我在国内是有舅舅，不止一个，但很少来往，更别说把电话打到办公室，绝无仅有，怎么突然冒出个舅舅？我犹疑着接通电话，用中文问，请问哪位？

您是王彼得大律师吗？他也说中文，流畅的普通话。

我是王彼得。

我姓纪，我叫纪季风呀。

纪季风？

就是说我把人手弄碎的那个，报上天天……

噢，有什么可以帮你？

我想请您做我的代理律师。

　　其实他一报纪季风的名字我就猜到是谁，这名字太好记，甚至我能想出此刻他为何来电话。可我还是矜持了一下，他叫我大律师，大律师都得矜持。喂，你不是找了斯波拉律师吗？没有，绝对没有，根本没接触过！他这话让我松弛下来，纽约律师界有不成文规定，不抢同行饭碗，如果你已和什么律师接触过，在合作关系解除前，说破大天任何律师不会插手。纪季风既然没和斯波拉接触过，事情就简单很多。你怎么会找到我？我好奇地问。经常看到您的名字出现在主流媒体上，又是华人，只有华人才帮助华人，您是华人中最好的律师，我就信得过您。可你怎么又成我舅舅了，你怎么知道我在国内有舅舅？电话那边的纪季风静了一下，接着咴咴一笑，听上去是个朴实的中年男人。我瞎蒙的，中国人谁能没舅舅呀，怕您不接电话才这么说，千万请您原谅。这样吧，我接过话头，我考虑考虑，你留下电话，我会回复的。其实在心里我已决定接这个案子，他给我的印象不错。

2

　　纪季风送来对方的起诉书后不久，我和小麦克李文就决定请他到办公室来面谈。那天我特意告诉秘书玛丽，除波尔的电话外，其他都不接，留下号码，我会尽快回复他们。多尼父子的代理律师斯特劳斯先生已向外界披露了我们正代理此案的消息，这两天媒体电话就没停过，比如哥伦比亚电视台、国家广播公司，还有《纽约时报》和美联社等等，千方百计打探消息，其中也包括敦普夏牧师办公室的波尔先生。他的电话我不能不接，想让官司赢得漂亮，就需要社会舆论的支持。本来打得就是名气，没有社会团体的参与就缺少悲情。我们此刻是正义的化身，正义必须有舆论做依托，否则顶多算正直，不是正义。法律是政治，政治是一场游戏，像十一分制的乒乓球，不懂规则干脆回家抱孩子或网上当愤青去算了。

资料显示，纪季风二十年前来自中国大陆，他在波士顿学院获得经济学博士后，一直在华尔街的李曼兄弟公司工作，目前职务是主任精算师。小麦克李文恍然大悟，我说呢，博士，还主任精算师，难怪多尼父子咬住不放，一定冲钱去的，这小子肯定不少挣钱。然而，没想到的是，当纪季风真的出现在我们面前，我和小麦克李文不得不深感意外。小麦克李文甚至失去参加面谈的兴趣，他一边朝门外走一边自言自语，"玩笑，简直他妈的玩笑。"我对他的背影无可奈何，这小子像永远长不大的孩子，喜怒哀乐全在脸上。不过他说得没错，我也觉得不可思议。事后小麦克李文对我大喊，就这么个小人儿，当年袭击新奥尔良的卡特里纳飓风若是登陆纽约，早把这小子吹回中国去了，多尼父子肯定疯了，找垫背的也不看准人，什么狗屁功夫，就他，能把人家手捏碎？自己的别碎了就不错。

的确，纪季风完全看不出是个有力气的人，更不像练家子。他将近一米七的身材，关键是精瘦，脸瘦身瘦连屁股都瘦，别人的屁股叫屁股蛋子，他不行，有屁股没蛋子，长脖子下一副窄窄的肩，好像任何衣服穿上都会显大。不过有一点让我颇感震动，在他浓密的黑发下有副金丝眼镜，镜片里透出的目光异常明亮，好像并非来自瞳孔，而是某个更深邃的所在，尽管他谦恭地微笑，脸上木刻般的线条嘎嘎地起伏伸展，我还是仿佛被他的目光撞得隐隐作痛。

　　当然，关键是他的手，一切皆因手起，必须仔细看看这双手。纪先生，我能看看你的手吗？可以。说着他把双手摊在我面前。第一感觉就是这双手有些怪，除尺寸与其身材相比略显偏大外，整个掌面光光的，就几条主要大纹，什么智慧线感情线之类，几乎看不到其他纹络。另外他的手指偏长，上下仿佛一边粗，有些像充气玩具。我，能摸摸吗？行行，怎么都行。哇噻，这一摸让我喷饭，简直软得像乳房，根本觉不出有骨头存在，正着掰反着掰想怎么掰怎么掰，随心所欲。我立刻想到小麦克李文刚才的话：玩笑，简直是玩笑！这样的手恐怕连鞋带儿都系不紧，怎么能把多尼父子的手捏碎呢？我一定让斯特劳斯律师自己握握这双手，非把他当场逼疯不可，最好在法官面前跳一曲华尔兹，谁不晓得他是奥地利华尔兹大王斯特劳斯兄弟的嫡传后人，在每年举行的纽约华尔兹节上，都能看到斯特劳斯律师的翩翩身影。至于说到中国功夫，纪先生，你练过中国功夫吗，比如像李小龙那种？说着我做了个动作，啊！纪季风的脸哗地红起来，尴尬得说不清话，我、我在大学时学过太极拳和瑜伽，可那是上体育课。好了好了，不说这个了。我干脆打断他。

　　通过纪季风的描述，我们对事件有了基本掌握。

　　两个月前的傍晚，在波莱顿公立初中的走廊上，许多学生家长正等候与班主任会面，包括纪季风。纽约公立学校的家长会是一对一，每位家长五分钟，先到先谈。等待过程中，同班同学的家长们难免相互寒暄致意。其间，纪季风与七八位家长握过手，其中包括犹太裔、德裔、苏格兰裔、非裔，还有韩裔。至于他是否与爱尔兰裔的多尼先生握过手，纪季风的回答是，可能，不过他记不清具体情节。当时走廊乱哄哄的，有刚来的也有离开的，有些家长签个到就走，过一会儿再回来，他实在无法记住与每位家长接触的细节。再说，纪季风面带几分无奈，咱跟那些家长萍水相逢并无交情，谁会太在意。那么，如果我给你看照片，你能记起来吗？说着我把一张收集到的多尼先生的照片展现在他面前。纪季风凝视着照片，脸上渐渐掠过顿悟的神情。我记起来了，这对父子排在我前面，他们出来我进去，就在交接的瞬间，应该跟他们打过招呼。请你说具体点儿。我对纪季风的回答并不满意。哦，是这样，绝大部分家长都是自己来，只有多尼先生带着孩子。他们与班主任的交谈超过了规定的五分钟，有些家长开始敲教室的门催促他们。他们出来后先跟其他家长打招呼，最后才和我握手寒暄。照你这么说，多尼不仅和你握过手，也和其他家长握过？对。那他和你握手时其他家长看见了吗？应该看见，不过我没留意。如此说来，你与多尼握手是在一个相对狭窄的公共场所，是当着很多人的面进行的。没错。没有打斗？没有。好，我知道了。

坦率讲，我和小麦克李文都认为此案并不复杂。小麦克说，彼得，这次干脆看我的，你就别亲自出马了。但我还是强调，不可轻敌，谁都知道斯特劳斯律师是条老狐狸，这家伙脑袋转得比华尔兹的狐步还快，何况此案影响重大，一定要准备充分。不是我不相信小麦克，我们互有所长。我比较认真细致，这大概源于中国人小心谨慎的文化传统。而他则喜欢交际，上至议员下到餐馆招待生，都能拍肩膀。千万别小看这手，美国人，尤其纽约人，很吃这套荷花大少的海派风格，他们三日小宴五日大宴奔走来往，建立巩固的市场客户群离不开小麦克李文这份天赋。我们配合多年一路走下来，应该说十分默契。

为准备第一次上庭我们做了大量工作，不仅按时间地点和出场人物，像电影导演似的把多尼父子与纪季风当时见面握手的过程重新复原，小麦克李文还特意请他在纽约电影学院任教的朋友，用纸板做了个可移动的模拟现场，到时候就让多尼和纪季风站进去，法官和陪审团一看就明白怎么回事。此外，我们还专门请位于纽约长岛的布鲁克海文国家实验室做出一份证明书，该证明书表明，根据手骨密度阿尔马系数的平均值，每平方厘米受力须超过十三磅以上者，才可能造成手骨的弥漫性骨折，但到目前为止尚未发现人力可达的报道。我们俩信誓旦旦，认真着也轻松着，把下面的戏演完。出庭很像演戏，好律师都能进好莱坞。

3

再过两天即是庭期，万没想到，《纽约新闻报》一则消息竟将整个诉讼过程掀翻在地。早上我正在出租车上打盹儿，昨晚没睡好，半夜被电话吵醒，是个醉酒的女人要找拿破仑。我说打错了，这儿没拿破仑，拿破仑早死在圣赫勒拿岛了。可她不依不饶非说是我害死了拿破仑，怎么也跟她说不清。太太终于被吵醒，问，这女人你认识？我怎么认识，错号。错号？太太没再多说又睡去了。她这种语气让人窝火，你什么意思，错号？不相信怎么着。可她不问我又无法解释，别扭得一夜没睡好。就这时，小麦克李文一个电话打到我手机上。

彼得，看今天报纸了吗？

没呢，怎么了？

我猜你也没看，案子有变。

有变？哪个案子？

还不是那个"小人儿"案子。

纪季风？

我七上八下赶到办公室，读着小麦克李文递上的报纸，胳肢窝儿下滴滴答答浸出汗来。消息说，最新调查显示，这起碎手案绝非偶然，而是波莱顿中学帮派争斗的结果。多尼之子与纪季风之子属不同帮派，经常因毒品买卖或追求女孩儿发生冲突。在一次争斗中，小多尼将纪季风之子鼻骨打断，并用电熨斗灼其睾丸。纪季风为此曾与多尼先生交涉，但后者拒绝配合，这才出现后来碎手一幕。

如果这是消息的全部，还不至太过惊慌，因为这仍无法证明纪季风有能力将多尼父子的手捏碎，离开这个关键，故事怎么编都无所谓。可下边的内容让我大为震惊，甚至连呼吸都急促起来。消息说，自儿子被小多尼欺负后，纪季风发誓报此一箭之仇，日日在家中苦练一种神秘的中国功夫。据纪季风之子的同班同学，一位韩裔男生披露，他曾亲眼目睹纪季风在家练功时，用手将一截橡木碾碎。橡木质地坚硬，能碾碎橡木之手为何不能碾碎手掌呢？"我看见他把木头握在手里，一下就碎了。"消息援引韩裔男生的话说。

我砰地从椅子上弹起来，这不仅直接涉及纪季风碎手的动机和能力，现在连目击证人都找到了，这要开庭怎么得了，非让斯特劳斯律师一剑封喉不可。小麦克李文大声抱怨道，彼得，我说不接这个案子你偏接，现在怎么样，咱俩分明让这个"小人儿"涮了，他可从没透露过这些情况，我见他第一眼就觉得怪，那眼神，是人类的眼神吗？像两个宇宙黑洞能把人吸进去，本能告诉我，彼得，我们干脆放弃纪季风，咱别再陪他玩儿了。

我并不介意小麦克李文怨天尤人，公子哥儿都好易起易荡，但轻易言退纯属屁话，太草率了。我极力让自己冷静。

麦克，就算一开始我把问题想得太简单，是我的错，但与其现在论进退，不如好好分析案情，看下一步该怎么做。
怎么做？
照我说就一个字：撤！别激动麦克，你说斯特劳斯律师看到这则报道会干什么？

干什么？

我觉得吧，麦克，如果报道属实，既有动机又有证人，那就涉及仇恨犯罪，不再单纯是民事案了，这条老狐狸一定正与地区检察官联系，力促检查部门介入，在民事诉讼同时，开辟刑事诉讼第二战场。到那时，纪季风很可能被捕，交保候审，我们面对的将不仅是斯特劳斯律师，还有地区检察官，你想过吗麦克，局面会变得非常复杂。所以我说放弃，彼得，所以我说放弃！

放弃？如果我们什么都不做，就这么放弃了，如何向新闻界交代，如何向民权领袖敦普夏牧师交代，如何向你老爹老麦克李文交代，咱们岂不身败名裂，往后还怎么混，你算过这笔账吗？

小麦克李文板着脸，不吭声。

麦克，换个角度再想想，即使报道中这个韩裔男生存在，想坐实纪季风碎手案也绝非易事，因为技术难度太大了。再说这仅为一例孤证，十几岁孩子的心理很脆弱，几个问题就能将他逼疯，让其在陪审团面前失去信誉，比如，他怎能证明纪季风练的是中国功夫而非日本功夫，他懂多少中国功夫？还有，他凭什么说那是橡木而不是枫木或柞木，给他两块儿木头能分出来吗？他提供的细节越多漏洞越多，我们攻破他的机会也越大。只要证明不了纪季风碎手，该案就无法成立，只要该案无法成立，我们就是正义化身，种族歧视的帽子就戴在多尼头上。麦克，我们胜算仍大，应该走到底，你不觉得吗？

小麦克李文紧绷的目光开始松弛，他在我面前踱来踱去。

    彼得，我实在咽不下这口气，我最讨厌自作聪明的家伙，见都不想见他，更别说为他打什么官司。

    你错了麦克，我们不是为纪季风工作，是完全彻底为自己工作。特别此时此刻，纪季风必须为我所用，成为我们突破乌江的工具。

    什么江？

    乌江，以后再说这个，我们必须迫使纪季风明白，只有与我们配合，否则将面临倾家荡产妻离子散，甚至坐牢的后果。

    对，把这小子扔监狱里去！

小麦克李文怒吼着。

    现在还不行，麦克，律师玩儿的就是心跳，咱俩决不能栽在这个案子上，如果连自己的信誉都保护不了咱还当什么律师。我以为，我们必须马上做三件事……

话音未落，只见秘书玛丽正在门口等候，目光满载迟疑。我猜到了，《纽约新闻报》的消息一出，肯定会有很多媒体来电询问。我对玛丽说，告诉记者，律师还没时间对今天的新闻发表意见。另外，我说过，除波尔办公室的电话，其他一律不接。说完我发现玛丽依然神情困惑，毫无走开之意。怎么，是波尔？她艰难地点点头。波尔肯定看了报道沉不住气发火了，娘的，这帮政客翻脸跟翻书一样！我禁不住大骂起来。小麦克李文将手按在我的肩头，彼得你忍住，这小子很难缠，我会请海曼参议员搞定他，千万别跟他硬来。

波尔在电话里用打嘟噜的西班牙式英语对我大喊大叫，说他完全被我们误导了，纪季风一案只是单纯的帮派火并，根本无关种族歧视，敦普夏牧师的脸面都丢尽了，我们必须为此负责。我心想，这个来自牙买加的波尔不知中的什么彩，竟混上这么桩美差，除了吃香喝辣就是张口骂人，忒招人恨。不过我牢记小麦克李文的劝告，耐着性子听他咆哮，同时也思考着对策。我非常明确此刻不能失去波尔的支持，现在的关键是让检察官不要轻易介入此案，争取时间，让我们有机会对这名韩裔男生进行评估，最好能将其证人资格摧毁在萌芽状态。而波尔人脉广泛，与检察官办公室周旋少不了他的帮助，好在此刻他和我们同在一条船上，即便夸张也得把他稳住。想到这儿我说，波尔先生，将此案断为种族歧视的并非本律师楼，我们接案前你们已发表过支持纪季风的声明了。一听这话波尔又声嘶力竭地要与我争辩。

　　波尔先生，请允许我把话说完。即便如此，我们仍坚信报上所说那个韩裔男生无力证明多尼父子的手是被纪季风捏碎的。这将是多尼的死结，只要无法证实碎手纪季风就无辜，只要纪季风无辜我们就只对不错，不是吗？

　　彼得，这韩国小子不会翻船？

　　哪那么容易，你想哪儿去了。

　　你搞得定？

　　搞得定。不过我需要你帮个忙。

　　说，你快说。

　　劝地区检察官慎重，不要轻易介入。

　　行，我这就去谈。

　　聊到最后波尔的口气缓和下来，甚至开始说东道西，恢复他平时闲拉胡扯的腔调。他说威廉斯堡桥下的"毕德鲁格"牛排馆儿味道不错，你知道好牛排必须先发酵吗？不是肉越新鲜越好吃，得先发酵，温度时间，秘诀全在于此。彼得，下次我请你。放下电话我觉得两边胳肢窝下，汗水像小溪般哗哗流淌。

4

刚才被波尔电话打断的三件事头一个就是向法官申请延期开庭，由于案情出现变化，诉辩双方都需时间做出应对，延迟开庭是理所当然的。这事并不复杂，由玛丽去办就行，实际上她已在准备文件了。第二件事就是要尽快摸清地区检察官的意向，看他们反应如何。虽然这件事波尔答应去做，但我仍放心不下。这小子蹦蹦跳跳有点儿三脚猫，我们自己必须也有所动作才对。

我认识地区检察官的一名华裔助理，陈子昂，跟那个"念天地之悠悠，独怆然而涕下"的唐代大诗人同名同姓。他是我哥大法学院的校友，在当年轰动一时的"清客"事件中我俩曾并肩作战，颇有"战友"情谊。知道啥是"清客"吗？字面上就是清朝人的意思，但极具侮辱性。它源自日本，《马关条约》后的日本人就用该词表示对中国人的蔑视。后来传到美国，美国人辱骂华裔时就用"清客"，充满种族歧视意味。李鸿章当年签《马关条约》时或许想不到，几秒钟的签字竟是多少代同胞用血泪洗不清的屈辱。那年美国国家广播公司一名记者在播报新闻时竟引用"清客"一词，引起广大华人和其他少数族裔的极大愤慨，他们纷纷抗争，最终迫使该记者道歉了事，陈子昂就是当年抗争的主要领袖之一。

子昂，我是彼得，你好吗？

彼得啊，我还好，不过……

你很忙吗？

我现在不方便跟你聊太多，抓紧时间吧。

好，明白了。谢谢你子昂。

我握电话的手微微有些颤抖。小麦克李文注视着我，像等待判决一样默默无语。我一把揪住他。

麦克，我们还有时间，动用你一切力量，尽快弄清这个韩国男生的底牌，他是在何种情况下看到纪季风练功的，他与多尼父子到底什么关系，他究竟有没有法律资格成为本案证人？我呢，马上"提审"纪季风，说提审一点儿不冤枉他，这小子必须讲清全部实情。咱们必须立即行动，越快越好。娘的，我就不信毛头小子能翻三尺浪。

为什么是三尺？

三最大。

三最大？

对，三最大。

大约一小时，纪季风出现在我的办公室。一见他我就破口大骂，你这个骗子，不知天高地厚的蠢货，你以为瞒得住吗，太不了解美国了你，美国人想整你什么都干得出来，活该，等着妻离子散进监狱吧，没人帮得了你！

纪季风无语，只是不停地抽泣。泪水打湿了他的瞳孔，却并未彻底挡住黑洞般的目光，在他呼吸的起伏中，我仍感到一丝明亮时隐时现。我开始清嗓子，试图让自己平静下来，咳咳，这么说，今天报纸你看了？纪季风边点头边擤鼻涕。那你为何不说实话，你知道后果将是什么吗？我愤怒地追上一句。纪季风试图止住断续的抽泣，他接下来讲述的故事，却让我很难继续诅咒他。

纽约波莱顿初中，仅仅一个初中，竟是帮派猖獗之地。那些美国学生，不知因成熟过早还是胎里带的，十四五岁已是江湖老到，抽烟喝酒追女孩儿，表面上看去风平浪静，实际则因循一套帮派的潜规则行事，小多尼便是一个帮派的头领。这小子看去个儿大膘肥幽默开朗，骨子里却是个下流成性手段凶狠的小恶棍。他有两好，一是好色，二是专门欺负亚裔，特别后一条，已到肆无忌惮之地步。比如小多尼爱吃中餐，逼迫班里亚裔学生轮流给他带中式午餐，否则就拉到校外扇嘴巴。为何是校外？校外学校管不着，告老师也没用。纪季风之子小纪季风每天带的午餐越来越多，家长问他只说不够吃，原来他被小多尼的嘴巴扇怕了。此外，小多尼的烟酒钱几乎全部来自亚裔同学。他甚至将大麻带入学校，强迫亚裔同学购买，五块钱一小包，不买就撕作业连打带骂。有一次不知他从何处弄来一条假辫子，放学路上逼迫小纪季风戴在后脑勺上，说他爸爸告诉他，中国人都该有辫子，没辫子算什么中国人。他们一群孩子追随其后嘲讽辱骂，小纪季风只得戴着假辫子一路哭回家，快到门口儿才被他们摘下，呼啦散去。

　　有目击证人吗？这违犯法联邦法，是货真价实的仇恨犯罪。
　　几个学生和邻居当时在场，就不知他们肯不肯……
　　接着说吧。

　　几年里不断有亚裔学生家长向学校告小多尼的状，都被学校以查无实据不好处理搪塞回来。为此纪季风曾约出多尼，请他到长岛著名的"橄榄园"意大利餐厅吃饭，恳请他管教孩子，别再做过分之举，并愿为此包揽小多尼每日的午餐，说到做到。没想到的是，多尼拒绝了他的请求，还说纪季风根本不懂美国文化，在美国人人都这么长大，如果纪季风实在无法适应的话，就该考虑回中国去。此后，小多尼不仅毫无收敛，还变本加厉。说到这儿，好像什么触到纪季风的痛处，他重新陷入抽泣。我叫玛丽拿来矿泉水和纸巾，玛丽不懂中文，她看到纪季风悲伤的样子，脚步轻得像迈克尔·杰克逊的幽灵蠕动。我沉默无语，静静等待着。

大约半年前的一天，小多尼又向他几位同伙提到亚裔人的生殖器问题。这是老生常谈，美国社会流传着一种成见，亚裔人种的性特征远远小于其他种族。小多尼问，先有鸡还是先有蛋，是亚裔女人的阴道过窄，造成男人阳具过小，还是相反呢。他炫耀说，亚裔女生的滋味他已尝过，确实很窄。这里要插一句，小多尼此言多半属实，班里有个台湾来的女生突然转学，连家都搬走了，完全不知去向，很可能与此相关。现在他问的是，亚裔男人的阳具到底有多小，为何不看看小纪季风的鸡巴一探究竟呢？于是他们把小纪拉到厕所，强行扒掉他的裤子，却发现那东西一点儿不像他们想象得那么短小。这让小多尼无法容忍，他从学校清洗间抄出一把电熨斗，非要将小纪季风的睾丸熨平。小纪拼死反抗，结果鼻梁骨被打裂，还被威胁道，如将此事传出，一定骟掉他的蛋！"这是要绝我的后，绝我的后呀！"纪季风痛不欲生。我发现他痛不欲生时，眼神尤显澈亮。

此后纪季风欲联合其他亚裔学生家长，向校方反映小多尼的劣行。但终因锣齐鼓不齐未能奏效。比如报上说的那个韩裔男生，单亲家庭，明明受过小多尼的欺负，但他母亲却不肯出面讨公道。孤儿寡母可以理解，但这小子受了气就跑到纪季风家抱怨，可怜得像只猫，过几天又去投靠小多尼，翻来覆去没个准主意。

我正想问你，他是怎样亲眼目睹你捏碎木头的呢？

纪季风的目光刺地竖起来，翻滚的泪水突然被什么吸光。胡说八道，他纯粹胡说八道，什么木头，是块干面包。干面包？对，干面包！是这么回事，我家养了几只虎皮鹦鹉，就是叽叽喳喳乱叫那种，我总用面包渣儿喂它们，如果当着那小子的面我捏碎过什么，除了干面包绝无他物。干面包块儿远看很像木头，我坚信要么他误以为是木头，要么故意编造，这小子说话根本不靠谱儿，王彼得大律师，你千万别信他，我哪儿有本事捏碎木头呀。说着纪季风从书包里取出块棕色物件，几乎伸到我眼前才认出是一块犹太人喜好的蕾式面包，完全干枯了。果然，远看说它是木头一点儿都不过分。

你确定就这东西？

百分之百确定。

他是在什么场合看到的？

客厅，我在喂鸟，他们在做功课。

距离多远？

大约十来米。

我接过干面包看了又看。玛丽，你过来，能看出我手里是什么吗？别走得太近，就站在那儿看。玛丽也是犹太人，对蕾式面包肯定非常熟悉。她站在门口儿犹豫着，木头，猕猴桃，海绵。难道不像蕾式面包吗？嗯，像，也像。

5

夕阳衔山，街灯耀眼，曼哈顿的黄昏风情逼人。

下班后我没立即回家，而是走进离办公室不远的"密亭"酒吧，让自己平静平静。这里我是常客，它的拿手戏"旧金山彩虹"是我最喜爱的鸡尾酒。还有那位善解人意的调酒女，不知该不该称她"酒娘"，像"船娘""舞娘"一样。她调的酒很像她的年龄，是我心中永远的谜团。每当看我走进，她总对助手说，"来，我来"，并会亲自将调好的酒，玲珑剔透地放在我的面前。我们鲜有交谈，至今都没弄清她的姓名。不可思议的是，每每品尝她调的酒，款款贴近我当时的心境，让我有孩子般的感动。我坚信这绝非巧合，她是个天使，在用神赐的灵性调酒，伏特加多少，杜松子酒多少，果汁多少，苏打水多少，一切均按诗歌的韵律搭配，那种感觉，惶惶然地美妙。不过今天的酒，分明有些淡了。我未能在确定的时刻找到确定的心跳，就像在确定的柳梢下，未能见到确定的衣香人影一样。我下意识朝她一瞥，她却将回避的神情洒落在匆忙的转身中。

我的思路恍地又回到案情上，是啊，此刻不该是我的沉浸时分，其实我并无这份闲情。纪季风，当然还是纪季风，他无声的哭泣和蒸腾的泪水，让我挥之不去难以排解。种族纠纷一直是纽约公校的顽疾，我上中学的那所学校，曾发生过亚裔学生因无辜被殴而集体罢课的事件，还上了电视。就算纪季风说过谎，就算美国人的哲学是不相信说谎者，但他讲述的诸多情节像画面一样从我心头掠过。那个邪恶的小多尼，砰砰砰直敲我脑浆子，连他的呼吸都能感到。更有甚者，纪季风儿子遭遇的某些细节恰恰我也经历过，当年我们班也有突然转学的女生，徐茉莉，对，是叫徐茉莉，她的奶子一点儿不比老外女生的小，上体育课时在胸前四处乱窜，像两只赛狗，不就突然消失了？她的全家，连同戴眼镜的父亲和发型整齐的母亲，不就一夜间蒸发了吗？难怪呀，难怪她消失的几天前上世界史课时，当时在讲中国的共和制，她问我，是袁世凯暗杀宋教仁还是宋教仁暗杀了袁世凯？我笑喷，笨死你，当然袁世凯暗杀宋教仁啦。就这个笨字，让徐茉莉哭得昏天黑地，怎么哄怎么哭，不肯罢休。我送她回家，对她母亲说对不起。她母亲也在流泪，说不赖我，不是我的错。徐茉莉的脸，她的奶子，还有她母亲滑溜的头发，都在眼前浮现。

经验与直觉告诉我，纪季风的描述不像天方夜谭，除了他儿子在学校的种种痛苦经历，蕾式面包这个细节鲜活生动，绝不像编的。如果玛丽都难以分辨，那个韩国小子的可信度就更微乎其微，即便让斯特劳斯律师自己站在十来米外看，也只能模棱两可。可以预期，无人能百分之百确定纪季风捏碎的是橡木，加上我们原有的大量准备工作，推翻对纪季风碎手的指控应该是有把握的。那接下来怎么办？我看一不做二不休，索性借着惯性将多尼父子涉嫌的种族仇恨问题坐实，打一场战略反击战，借助波尔先生和地区检察官办公室的力量，将多尼父子绳之以法，给被他们欺负的少数族裔出口恶气。要把动静搞大，越大越好，多行不义必自毙，多尼父子本该是这场诉讼案的牺牲品。为此，对纪季风的陈述必须再做核实，所有证据都须坚挺。小麦克李文正在为此忙碌，我已要求纪季风尽快提供一份名单，把与他有类似经历，并愿接受询问的同学和家长名单全列出来，一个不能少。他表示就这一半天会把名单交到我手上，立功赎罪，决不再让我们失望。好，很好。待一切准备就绪，我们将给多尼父子一记组合拳，彻底打蒙他。

不知不觉，杯中的"旧金山彩虹"所剩无多，我的思绪也渐渐清晰了。窗外叮叮咚咚的灯火起伏不定，把曼哈顿像电影片段似的飘舞起来。差不多了，该是归家时分，与酒为伴的时光往往比平常更快，刚才还嫌酒调得偏淡，此时竟觉得一切都恰如其分，恍如喂婴儿的奶瓶一样。我缓缓起身，正准备离去，突然几许喧哗从身后传来，一个声音高叫着，妈的，今年的奥斯卡不给大卫·芬奇真是瞎眼了，《贫民窟的百万富翁》纯属粗制滥造，怎能跟《本杰明传奇》相比？奥斯卡是一年年堕落了，堕落成卑鄙的意识形态工具。我忙转身，这声音太熟悉了，不是老头儿斯波拉吗，那位嗜酒如命的斯波拉律师。我俩的办公室相距不远，他也是"密亭"酒吧的主顾，我们经常在此相遇。不过他喜欢喝烈性酒，俗称"石块儿"的苏格兰威士忌，而且不醉不休。电影无疑是他的最爱，如果改行当演员或影评家他一定能做得更好。今天他显然又喝高了，一听调门儿就知道。我正欲上前跟他招呼，他已发现我，不容分说拦腰叫住。

> 彼得，你看上去信誓旦旦，好像刚做了什么决定？
> 是吗，哪儿的话，但愿你是对的。
> 让我猜猜，准备跟多尼那个混蛋决战？
> 哪里哪里，我应该有更多选择。

老头斯波拉的敏锐和单刀直入让我十分意外。看来这老头儿没醉，或者说浅酒微醺能让人更加敏捷。不过，他有什么潜台词吗？我陪他重新落座，又叫来两杯"石块儿"与之共饮，想听听他下面怎么说。

接下来的斯波拉好像真醉了。他把话题拉回到电影上，

> 彼得，看过《本杰明传奇》吗？
> 看过，不错。
> 不错吧，我说什么来着，我说什么来着，本杰明在北大西洋上当水手那段儿，彼得，你说得清北大西洋的水有多深吗？那只德国潜艇可是突然冒出来的，像个巨大怪物。对对，那年我去康州的格罗顿港，美国的潜艇都是那里造出来的，彼得，你知道当地人管潜艇叫什么？
> 什么？
> 海洋之屌，哈哈哈，海洋之，哈哈哈，之屌……

斯波拉的喉音浸满酒气，身体也在颠簸摇晃，仿佛本杰明乘坐的那条货船。我把他扶回座椅，斯波拉先生，对不起，我得回家了。正欲转身，斯波拉突然冒出一句：彼得，像纽约人常说的那样，悠着点儿。

6

小麦克李文带回的消息大大出乎我的意料。

隔天早上他走进办公室时，一听口气就非同寻常。他把公文包啪地摔在办公桌上，背着身横着脖子说，完了完了，我办不了这屁事，彼得，你怎么老把这下三烂的活儿交给我，告诉你，我办不了，你就做好崩盘的准备吧。有这么严重？我焦急地问。麦克，你要咖啡吗？玛丽也试图缓和气氛。

麦克慢慢慢慢转身，面部表情夸张得像一幅门神。他哗地搂住玛丽，惊得玛丽哇哇大叫。麦克喊道，彼得，你这该死的，我都他妈办成了！办成了，你什么意思？麦克哈哈爆笑起来，信不信由你，一切比你想象得还带劲儿！

情况确如纪季风所言，这名韩裔学生生活在一个单亲家庭，母亲以开指甲店为生。开始时这位母亲很强硬，根本拒绝麦克的询问，别说进门，最后连电话都不接，显然早有准备。无奈之下麦克只得动用私人关系，到当地派出所查案底，碰碰运气。结果一查方知，这位开指甲店的单身母亲居然有两次卖淫被捕记录，最近的一次于三个月前，她目前仍按规定，必须到政府开设的从良班学习。哈，天无绝人之路，竟有这么巧的事，小麦克正是利用这张王牌撬开该女士的门。这听上去虽说有点儿不地道，踹寡妇门，刨绝户坟，扒人家屎盆子。那你说怎么办，用麦克自己的话说，操，你说，除此之外我能做什么？本来么，法律跟道德有个屁关系，讲道德还要法律干什么，完全两码事。

不仅如此，那个韩国小子更乏善可陈。学习差就不说了，还有旷课、考试作弊，甚至在校内贩卖大麻的记录，险遭开除。这种人你说有什么信誉，他的证词能有多少分量，不明摆着嘛！小麦克掰开了碾碎了劝这对母子，立即远离碎手案，因为后果他们无法承受。一切都将被剥得精光，赤身裸体在公众面前审视。甭管多尼许诺你们什么什么，事后帮你在曼哈顿盘一家指甲店？问题是，你们的证词管用还好办，不管用呢，而且现在看来很可能屁用都不管，多尼还会兑现他的话吗？说到底，最终被羞辱被损害的只能是自己的声誉和平静生活，明明毫无胜算，干吗非为一个八杆子打不着的人，平白无故赌上现有的生活呢。再说了，小多尼真值得你们做如此牺牲，他就没欺负过你们？就说你贩毒这事，我怀疑必跟小多尼有关，没说错吧？你看，既然如此，怎能还帮他呢？小麦克这番话，一波波无疑充满震撼效应，说得韩裔母子方寸大乱，从根儿上瓦解了他们的侥幸心态。

那最后呢，最后怎么说？

我迫不及待要知道最后结果。

小麦克刷地亮出一脸不屑，最后，尽管他们还有些磨唧，最终还是跟我签了这份协议，表示无意卷入这宗碎手案。他们签了？签了。哇，麦克，你小子真不是盖的，太了不起了！麦克接着说，我建议他们外出度个假，比如回汉城探亲，机票我想办法。他们正在考虑，我会继续与他们联络的，不过……不过什么？不过那韩裔小子非说，他的确看到纪季风将一块木头碾碎。嗨，别听他的，这事儿我已弄清楚了，根本不是木头。不是木头？对，是块蕾式面包干儿，纪季风在用面包渣儿喂他的虎皮鹦鹉。说着我把纪季风留下的那块干面包递给麦克。他拿在手里左瞧右看，让我忽有所悟。麦克，你问得太好了，我们应向业界人士，比如宠物店，确认一下虎皮鹦鹉到底吃不吃面包渣儿。是这话，别让这小人儿再给咱蒙了，一想起他的眼神儿我就犯嘀咕。没错，我这儿有我家附近那间宠物店的名片，现在就打，麦克，你来打。我边说边将随身携带的记事本翻开，取出名片递过去。不巧的是，小麦克拿都拿到了，没捏住，那张名片忽忽悠悠飘进办公桌与墙壁间的缝隙里。缝隙很狭小，我和麦克的手伸不进去，玛丽的也不行。我们试图挪动桌子，可那张巨大的老式写字台是全金属的，死沉死沉，加上长久未被移动过，估计有的地方都和地板粘住了，纹丝不动。

忙乱中，我们正急于取出那张名片，只见纪季风这时推门进来。他看我们正俯身寻找什么，不禁好奇。

王大律师，您这是……
纪先生啊，你怎么来了？

我有些意外，因为他没打电话。

我给您送家长名单来了。
这么快，好好，给我吧。
您这，找什么呢？
一张重要的名片掉进这里，够不出来。

纪季风上前看了一眼没吭声。小麦克一看纪季风进来，马上转身回他自己办公室去了，他不喜欢这个"小人儿"。我浏览了一下名单，随即去找玛丽，请她复印留底，并尽快安排电话约谈。纪季风的名单上有大约二十几位家长，从名字拼写上辨认，除亚裔外，也有少量白人。这很好，更有说服力，说明小多尼的所作所为失道寡助，这对最终坐实他们的种族仇恨罪，是不可缺少的重要人证。到时候可根据电话约谈的结果，有一个算一个，能拉的都拉到法庭上去狂轰滥炸，非让精明的斯特劳斯律师当场昏厥不可。我嘱咐玛丽，电话约谈的内容要简洁扼要，你起草一个提问清单让我看看，还有授权书，准备好了交给我。

当我重返办公室时，纪季风仍站在那里。他脸上的笑容有点儿怪，仿佛想说什么。我告诉他，你可以先回去，我们再跟你联络。好好，那我先走了。就在纪季风踱出办公室的一瞬，他转身提醒我，王大律师，那张名片我给您够出来了。真的吗？这时我也发现了摆在我面前的名片，顿时明白刚才他那个微笑的含义。谢谢你啦。我起身送纪季风出门，顺便走向小麦克，把名片递过去。

回到办公室越想越疑惑，于是我把手再次伸向写字台与墙壁间的缝隙，进不去，完全没可能。我突然发现靠墙处的那只桌子腿儿与地板间，露出一线似有若无的空隙，桌子好像刚刚被移动过，可那空隙很细很细，像又不像。我试图挪动一下桌子，跟原先一样，死沉死沉，还是一动不动。

7

一切看来都已就绪，就像生火起锚的泰坦尼克号，离岸的缆缆正绷得嘎嘎作响，电影里还怎么演的？好像还有啊啊的大合唱在背景绽放。由于媒体报道的严重失实以及韩裔母子的声明退出，地区检察官办公室已明确表示，他们不会卷入纪季风碎手案，无证据显示纪季风有刑事犯罪的嫌疑。既然如此，我和小麦克李文一致认为，下面的行动应该是乘胜反击，力将多尼父子绳之以法。我们初步计划，将碎手案与多尼父子仇恨犯罪脱钩，在应对碎手案民事诉讼的同时，积极准备证人证据，一旦条件成熟，移交地区检察官办公室，通过他们对多尼父子违反联邦法的仇恨犯罪提起公诉。其实这一套正是斯特劳斯律师想对纪季风做而未做成的，他们启动的达摩克利斯剑现已高悬于自己头上。

整个形势在向我们倾斜，但这未必都是好事。我发现中国古老哲学确有它博大精深之处。福兮祸所伏，祸兮福所倚，矛盾转化的过程往往充满变数，因为这里有太多真空需要填补。西方文明也有类似观念，比如英文里有，幸运与不幸是一口井里的两只篮子。有点儿意思，但远未达哲学高度。令我们意外的是，波尔先生竟成了这样的真空，在我们完全不设防的后方掀起波澜，让我们深感被动。这个自鸣得意的牙买加移民为抢头功，根本没与我们商议就召开记者会，在大肆抨击多尼父子仇恨犯罪的同时，竟过早向媒体披露了我们当前的主攻方向。如此一来，媒体的注意力全部转向我们，给我们带来极大的负担。此外，检察官办公室也倍感压力，他们为凸显公正与中立，不得不对我们的取证更加审慎严格。最重要的，我们原本进退自如，有较大的战略空间，现在则必须像过河卒子向前走。这不得不令人怀疑波尔先生的真实动机，是轻浮还是狡诈？尚未出师就来个措手不及，心理上给我们带来不祥的阴影。我在电话里怒斥波尔，他却大耍无赖向我道歉，还胡扯什么"毕德鲁格"牛排馆儿，彼得，今儿，咱就今儿，今儿晚上我请客，当面向你赔不是，保证下不为例，怎么样？呸，你个王八蛋！没敢说。

现在问题是，地区检察官办公室的陈子昂坚称，对仇恨犯罪之确认不光要有瞬时证据，换句话说就是不光要抓现行，还要有编年的长期的证据。我问陈子昂非要如此吗？他强调说，仇恨犯罪不像强奸杀人，它涉及意识形态，必须证明犯罪者有犯罪积淀，才能证明他对受害者的伤害属于仇恨犯罪范畴，并以此诉刑。让陈子昂这么一说，我们不得不对取证方法做出调整，以突出时间的因素。我和小麦克李文将所有已获得的证人证据，按时间顺序重新捋出一条近两年的时间线，在不同点上均有证人证物对应。小麦克还有个建议很具启发性，这或许与他的犹太裔背景相关，彼得，纪季风是主要当事人，他的证词格外重要，为何不让他把与多尼父子互动的过程，按时间做个排列，像大事记一样。你是说，小麦克的提问一下让我想到最近报章广泛报道的美国克里夫兰市的纳粹党卫军审判案，受审的是一名年逾八十岁的男性，他曾于二战时在犹太人集中营当卫兵，审判他的证据就是一本日记，一名犹太受害者的儿子在清理房间时发现的父亲的遗物，里面记述着当年党卫军迫害犹太人的情景。

　　麦克，你是说像审判党卫军那样？

　　没错，这同样也是仇恨犯罪，不是吗？

　　是呀，太对了，你太有才了。

　　可是纪季风起初的态度十分迟疑，他对我眨着眼睛，强调自己并无写日记的习惯。我严肃地对他说，案情虽说开始对我们有利，但无人能保证胜诉，我们仍须竭尽全力。此时若不置多尼死地，日后他就可能要你纪季风的老命。躲得了初一躲不过十五，不怕贼偷就怕贼惦记，这些中国谚语我父亲常讲给我听，想必你更懂得其中真谛。作为主要当事人，你不帮助自己，没人帮得了你。我再说一遍，不一定非得是日记，任何文字、图片，或各种与此相关的证物都行，你到文具店买个大本子，把所有证物按时间顺序贴起来，一页页贴下去，能贴多少贴多少，然后在每页上签字后交给我，怎么样？纪季风没说话，只是微微点头，他的目光依旧有些神秘，脸上的线条嘎嘎作响，让我无法确定他一定会照我说的去做。直到几天后的那个下午，他重新走进我的办公室，把两只鼓鼓的本册整齐地放在我面前，让我突然有种异样的感觉，眼前这个被小麦克称为"小人儿"的人其实并不小，不仅不小还有些深不可测，如果一个人总让你感到他处处"有备而来"，你难免会诧异，这种感觉像粘在开司米毛衣上的落发，时隐时现挥之不去。

　　然而此刻我和小麦克李文无暇顾及纪季风的人格，我们最关心的是他上交的这两本"大事记"的价值。法律界常说，证据就是一切。法庭只在乎证据，能证明给陪审团看你就赢，否则玩儿去。那天晚上我和小麦克谁也没离开办公室，玛丽给我们叫来披萨饼和啤酒，我们要好好评估一下这两本记录的含金量。

让某人改变对另一人的看法并非易事。至少小麦克李文对纪季风的成见是非常深的，因为后者说过谎。纽约的风气很怪，一边痛恨说谎，一边说谎成风，没钱的说有钱，结婚的说没结，不喜欢的说喜欢或相反，这都恐怕是市场经济硕果仅存的文化特征。即便如此，当小麦克翻过几页纪季风的记录后，居然"我的天，我的天"地嗷嗷叫起来。他说他从未想到世上竟有这种人类，记忆力好不说，还能将这么多单据找出来，你看看彼得，连他与多尼在长岛"橄榄园"餐厅吃饭的收据都保留着，这都多久的事了，小人暴动真可怕真可怕，这个纪季风太可怕了。听他如此感慨我不禁莞尔，苏联电影《列宁在十月》里就有"小人暴动真可怕真可怕"的台词，看来这不过是犹太人的口头禅而已。几分钟前还骂人家"小人儿"，现在又说人家可怕，是小麦克李文太过孩子气，还是纪季风真的非同凡响。

令人惊讶的是，该记录里包含七份离婚协议书，均用中英文双语书写，其中三份有某律师楼的入档日期及编号，也就是说，纪季风与太太至少三次通过律师办理过离婚手续，很可能于最后时刻撤回申请，未让法律程序走完。这样的法律文本堪称"完美证据"，一是时间清楚，不可争辩。二是为其办理离婚的律师必然成为本案证人，律师出面作证的隐性价值更高。最最重要的是离婚协议内容，每份协议的第一款均指责纪季风不能在儿子受欺负时保护儿子，未尽父亲的应尽之责。其中一份还具体提到"未能在儿子遭遇同学小多尼欺负时保护儿子"之语，这就为坐实多尼父子仇恨犯罪又提供了一份异常坚实的佐证。小麦克开始手舞足蹈了，开始谈论为什么越来越多的新科女律师偏偏选择首都华盛顿作为起家之地。为什么？跟我装糊涂是吧彼得，谁不知道华盛顿的核心就一个字：性。那些小妞儿都是去找背景拉关系的，若能搞定个部长或议员当老公岂不更好。

小麦克李文轻松调侃，我的思路却并没跟随他。我发现在最近的三份离婚协议中，竟有一款涉及到房事，英文这样写着：纪季风长达半年之久拒绝房事。而中文则写的是，纪季风以养元气为由长达半年拒行房事，未尽丈夫之责。养元气，这算什么理由？小麦克追问何谓元气？元气，我说不好，元气应该指生命之本，元气壮则身体壮，元气弱则身体弱。那能把它测出来吗？不能，我想恐怕不能，这东西看不见摸不着，连说都很难说清。啊哈！小麦克一声啊哈让人觉得他恍然大悟。他说：

狗屁元气，还是听我的吧，彼得，这方面你不灵。

我不灵，我结婚生子的倒不如你这条光棍儿？

行了吧你，一听就外行，这跟结婚生子没关系。是这么回事，医学上管这叫"性交选择性中止"，跟阳痿两码事，这是人们长期背叛本能，最终被本能背叛的结果，不信你换个人试试，马上行。动物园的狮子老虎男女混居久了也一样，这方面人类和动物没鸟区别。人类性功能直接听命于潜意识，而理性会干扰潜意识，干扰来干扰去形成反射，潜意识罢工了。比如咱俩，我要是老欺负你你能痛快吗？

有道理，不过麦克，这个问题不多说了，我们应告诉纪季风，如果对方律师提出'中英文版本不一致'的问题，我们的答复是：一切以英文为准。

行，没问题，可是彼得，我怎么觉得你更像理性而我像潜意识呀。

去你的，喝酒还堵不住你的嘴，怎么，这么快你就把一箱啤酒全喝光啦！

正当一切稳步前行之际，我们突然接到多尼父子的代理律师斯特劳斯先生的电话。当时我正为另一个案子出庭辩护，电话是小麦克接的。

他怎么说？
他说想请咱俩吃饭，私人聚会。
在什么地方？
俄国茶室，他说那是你最放松的地方。
什么意思呀他？
我也这么说，可他说是投其所好。

到底要什么把戏，这条老狐狸！我想起去年在纽约华尔兹节上，我与斯特劳斯律师毗邻而坐，聊了很多。他说其实华尔兹并非他的首选，他最喜爱的是合唱艺术，当时他还担任着圣方济天主堂的合唱队指挥。我对他说，我父亲带我去过列宁格勒国家大剧院，在那儿聆听过苏联红军红旗合唱团的演出，非常壮观。天啊，那是世上最棒的合唱团，真巧，我也现场听过。斯特劳斯律师激动得翘起胡子，显得手舞足蹈。接着他居然能将红旗合唱团的拿手曲目《格林卡》《喀秋莎》还有《苏里柯》等唱个大概其，他的高音很干净，《格林卡》里有个长长的"啊"，很长很高，否则就不够味儿，斯特劳斯律师唱得非常到位，让我热泪盈眶。我想起已故的父亲，是他带我走近艺术，他也将自己化作艺术融进我的身心。

可是俄国茶室，投其所好？我连忙给俄国茶室拨电话，果不其然，红旗合唱团最近恰在该处驻唱，原来如此啊。唉，说来真可悲，当年辉煌灿烂的红旗合唱团在苏联瓦解后也分崩离析了。其中一部分犹太裔演员，应说是残部，像座山雕上威虎山一样流窜到纽约，靠唱堂会、餐馆驻唱为生。几年前我曾在纽约布赖恩海滩的小敖德萨餐厅听他们唱过，陈旧的军装和黯淡的眼神，让人不禁为艺术家的沦落长长一叹。斯特劳斯律师选择这样的情景约我们见面，麦克，你说为什么？我看他想和解。没错，他们一定是想和解。

8

箭在弦上不得不发的感觉颇似行房的最后一瞬，激流奔涌与一泻千里是任何理由无法停止的。我们断然拒绝了俄国茶室，而选在相同时间与陈子昂会面。这是与地区检察官办公室的正式磋商，玛丽的笔记做得非常精细，什么地方应该补充签字，哪些文本需要修改格式，尽管十分琐碎，我们力争做到一丝不苟。最后大家基本敲定，下周向检察官办公室正式移交文件，他们在做出必要的调查核实及认证登记后，估计个把月，将向曼哈顿南区法庭对多尼父子提起公诉。

纪季风得知这个消息后那天来到我们办公室，他的表情很审慎，既不大笑也不小笑，只是嘴角微扬，眼神反倒模糊起来。他说今天来是专为请我和小麦克吃饭的，要把错过的那顿俄国茶室补回来。我认为没必要，现在高兴为时过早，纪先生你别客气，我看吃饭就免了吧。小麦克则不以为然，为什么不，我们不该给自己多一些鼓励吗？他一改往日对纪季风的冷淡，两人聊得起劲。纪，能问你个私人问题吗？你问你问。你那个养元气是怎么回事，养元气就不上床？纪季风的脸哗地红到脖子。我连忙打圆场，麦克，你怎么哪壶不开提哪壶！小麦克一脸无辜，我可是好意，本想给他介绍个非常棒的催眠术大师，帮他唤醒潜意识，有什么错吗？原来这么回事，那你为何从未跟我提过？我装作很意外。嘿，彼得，你又没说有这方面问题，否则我绝对能帮你，我可是性专家。去去去，你还是赶紧找个老婆吧，你爸爸老麦克说过好几次，让我催你结婚，你若无儿无女，如何证明你是

俄国茶室

性专家呢？我们大家相互调侃着走出办公室，我拗不过他俩，最终还是同意去俄国茶室吃饭。下台阶时，不知何故我一脚踩空，眼看着人向前扑去，惊恐之际还未弄清咋回事，我的身体已被纪季风抓住了，前扑的动作停在空中，身体像纪季风身体的一部分定住不动。我脑海里突然莫名其妙地掠过那张被纪季风找到的名片，和那张死沉沉但被人挪过的写字台，我没说话。可纪季风却开口问：

　　王大律师，您以前在这儿摔过吗？
　　没有啊，从来没有，怎么了？
　　没什么，没什么。

　　就在预定向检察官办公室移交材料的前两天，玛丽送来一个信封。我不解地望着她，平时她都将邮件打开后交给我，可眼前这个信封仍是封住的。她明白我的意思，但没说什么，还是将信封递过来。我哗地撕开信封，一个东西咣啷掉在办公桌上，捡起一看，是个铸锡十字架。这是什么东西，谁寄来的？玛丽将信封翻过来掉过去看，不清楚，只有邮戳没有寄件人地址。会不会是教会要求捐款的？我看不像，否则不会没有回信地址。甭管它，扔一边去，肯定又是促销邮件。说完我继续埋头手边工作。彼得……玛丽的语气显出踌躇，她很少用这种口吻跟我说话。

　　彼得，你还是再问问吧，我感觉好像不大好。
　　为什么，不就一个十字架吗，有什么大不了的？
　　彼得，你看过电影《肯尼迪总统》吗，就是史东导演的那部？
　　没有，怎么了？
　　我看过，而且我还读过原著，里面有个情节电影并未采用。
　　什么？

我开始有点儿不耐烦，玛丽今天怎么侃起电影了？

> 到底什么，你快说？
> 彼得，肯尼迪被刺杀前也收到过这个。

玛丽边说边将一本打开的书呈现在我面前。

> 你自己看吧，就在这一页。
> 这么说，你早知道里面是什么了？
> 是，我摸出来了。
> 那你说怎么办？

玛丽看着我，没说话。我把十字架拿在手里仔细观看，想着对策。一般遇到法律难题我们都请教老麦克李文，就是小麦克他爸。这样吧，等小麦克来了你交给他，请他今天务必问问老麦克怎么处理。我马上有个会，今天不回来了，有事打我手机。我随口向玛丽交代着，并未将此事看得过重，听蝲蝲蛄叫就别种庄稼了。

当天深夜，我已睡熟，剧烈的电话铃将我弹下床。是小麦克。

> 抱歉彼得，我才回家，刚把那玩意儿交给我爸。
> 没关系，你爸怎么说？
> 他让你马上来一趟，越快越好。

老麦克李文住在曼哈顿五大道一栋豪华公寓里，临街的窗户面对绿草如茵的中央公园。他楼上曾住着蒋介石的遗孀宋美龄，直到她死后房子才被转卖他人。我匆匆走进来，虽是深夜，却觉不出室内有丝毫睡意。书房很亮，灯光把时空撑得满满的，让人难以松懈下来。小麦克站在桌旁，连西装也没脱，只是解下了领带。老麦克李文虽身着睡袍端坐那里，但严峻的面孔令人望而生畏或肃然起敬，都一样。白天玛丽交给我的那个铸锡十字架，静静放在他的面前。他向我招手，彼得来了，坐吧。我顿感事关重大，忙问，李文先生，我习惯称他李文先生，玛丽说这东西……真有那么邪性？玛丽说得没错，李文先生缓缓开口，不光肯尼迪，还有他的弟弟罗伯特和后来的马丁路德金博士，被刺杀前都曾收到过类似物件。可这是谁干的，跟咱有什么关系，到底怎么回事呀？

李文先生接下来讲述的事情，让我完全不可思议，甚至开始改变我对这个国家的看法。

可以肯定，这只十字架来自某宗教组织。你看，十字是均等的，并非上短下长，这是天主教有别于后来的路德新教，也就是基督教的重要标志之一。天主教的最大特点是，它是世界性的，并严格忠实于梵蒂冈教廷。东方人总说他们数千年文明是连续的，怎么说呢，文明的核心是宗教，如果真的连续，为何没出现统一强大的宗教呢？当然，你可以将破坏与重建的简单重复看做一种连续，但每个朝代不过几十年数百年，其跨度都不足以建立无可动摇的权威力量。相反，西方天主教在几千年的历史中，几起几落从未中断，至今仍拥有自己的教义、教产，严密的组织及遍布各地的教徒，甚至自己的国家：梵蒂冈教廷。有趣的是，东西方文明的这种区别至今仍未改观，东方在不断摧毁个人崇拜，将自己历史上的智者和英雄一个个打翻在地时，西方却坚守自己的个人崇拜，圣母玛丽亚和耶稣基督，都是从人崇拜成神的。不光如此，为了涣散东方文明的凝聚力，西方正通过妖魔化东方历史上的圣杰，来防止他们建立崇拜，其实奥斯卡呀、诺贝尔呀，都为这个目的，让东方人要么没有崇拜，要么崇拜西方神，一旦崇拜西方神，他们就再也无法建立自身文明的终极尊严，因为一切成就属于神。好好想想，这样一个经营千载的天主教，根深蒂固财力无边，几乎无所不在，它才是西方政治的支柱，没有教会，西方现行体制早就乱了，每当危机浮现，总是教会从中力挽狂澜，比如刚才提到的肯尼迪家族，正因为加勒比海危机后，他们有与前苏联妥协的迹象，与无神论的异教徒妥协是教廷绝不容忍的，于是才有后来的一系列追杀，还有对人权运动领袖马丁·路德·金博士的刺杀，教廷消灭的不是人，而是新兴政治力量。

可我们不是政治力量，总不至于追杀我们吧？
当然不至于，这要看你如何处理多尼一案。
多尼一案？

听着彼得，刚才我已电话核实过，多尼父子均属天主教圣安骑士团，是世袭骨干分子。前边所说的教会组织形式未变，就是指梵蒂冈自中世纪以来，在十字军东征中形成的骑士团体制并未改变过。当年有很多骑士团，圣殿骑士团、条顿骑士团、善堂骑士团，这些组织有的依然存在，目前比较知名的有哥伦布骑士团和圣安骑士团。它们以不同的社会形态出现，帮助社区、扶助教育及文化事业，同时也经营房地产或金融业等。比如位于康涅狄克州的纽海文市，就有专为骑士团成员服务的保险公司，受保人员逾五百万，年营业额达数百亿美元。几年前该公司为梵蒂冈圣保罗大教堂的修缮捐款，罗马教皇特准将原位于圣保罗教堂顶部的镀金十字架赠予该公司，以资鼓励，目前这具十字架就放在该公司的总部大厦中。此外，骑士团核心成员一律来自世袭，只收男不收女，骑士嘛，本身就是雄性词汇。中世纪骑士团的骨干成员基本来自欧洲破落贵族，这些人为重建家族荣誉不顾一切，都是亡命徒。这些家族的后人，一代又一代，均为骑士团的当然成员，多尼父子就属这样的世袭成员。何况，据了解，多尼祖上曾于十字军东征中，在波士尼亚一带救过教皇的命，这种功勋成员堪称教会的化身，连购房的首付都由教会替他出。这样的成员如不加保护，还有谁在关键时刻勇于献身，骑士团成员的士气及教会凝聚力都将大打折扣，这正是为何教会此刻发出十字架警告的原因。当然，情况性质不同，他们处理力度也不一样。只要你们放过多尼父子，一切到此为止。

放过？怎么放过？

李文先生严峻的目光从我脸上扫过，他停顿了一下，尽量将语气放得平缓一些。

彼得，我已通过关系与斯特劳斯律师接触过。顺便提一句，斯特劳斯律师据说也是圣安骑士团成员，与多尼父子属于同个骑士团。他们的要求很简单，只要你们停止与地区检察官合作，销毁所有对多尼父子的指控材料，并签署一份合约，他们立即撤销对纪季风的民事诉讼，一切像从未发生一样结束了。此外，小多尼将离开现在这所公立中学，转入一所天主教学校。实际上，为体现诚意，小多尼此刻已经走了，再不会出现在纪季风儿子所在的那所中学了。走了？可是……不要再说了彼得，其实你来之前，我已帮你们把一切处理好了，我坚信这代表了你和小麦克的长远利益。在纽约做律师，在任何地方做律师都无法随心所欲，因为人类社会永远存在着凌驾于法律之上的力量，做生意是有边界的，律师是生意人，因此律师也是有边界的。

可，我还是难以转过弯儿来，无法接受这么多天的运筹帷幄真会像从未发生一样烟消云散。我想起那天晚上在"密亭"酒吧与老头斯波拉的对话，什么"北大西洋的水有多深"，还有"那只德国潜艇突然冒出来像个巨大怪物"，这些话听着像酒后胡言，此刻却句句都在兑现，斯波拉呀斯波拉，看来你从未真醉过。我鼓起勇气尝试着做最后努力，因为心中仍有不甘。

李文先生，我只想知道，如果纪季风本人不接受怎么办？

让他找其他律师好了，看谁会接这个案子？

那，如果我们非要继续呢？

没有我们，只有你，你自己！

李文先生的语调变得异常冷酷。彼得，你可以继续下去，但小麦克李文必须退出你们的合作，他将宣布不再是你的生意伙伴并与此案毫无关联！说着他将一份起草好的声明，白纸黑字放在我面前。麦克，如果你是我儿子，签字吧。不，我不要签这个东西，彼得，你为何这么固执，你就答应我爸爸吧。小麦克声嘶力竭地叫喊着。

我觉得自己像只被击碎的酒瓶，每个细胞都在散落。

9

果然，一切都像从未发生似的结束了。媒体没了，波尔先生没了，连敦普夏牧师也在案子和解后发表了一项简短声明，对结果表示满意，并对多尼先生的撤诉决定给予赞赏后，也无声无息了。无人谈

十字军

论此事，连我们自己都不想说，越说越像胡扯或撒谎。像从未发生比真从未发生更令人恐惧，江湖上不是有个术语叫"罩得住"吗，这个罩字非常形象，做个罩子把头顶的天罩住，明明阴天觉着晴天，能罩住天的一定比天大，想想不尿裤子吗。

令人意外的是纪季风，他在听到这个结果时丝毫没有抱怨失望，甚至连遗憾的表情都没有。他的目光温和平静，完全找不到最初来我办公室时的那种深邃与尖锐。他说他早就知道这个结果了。你怎么知道？猜的，我瞎猜的。他脸上掠过似有若无的微笑。那天正好是周末，我们一同去曼哈顿的中央公园听马友友的露天音乐会，其中包括电影《卧虎藏龙》主题曲《月光爱人》，那是一首让我沉醉难当的协奏曲，大提琴的丰富来自它内在的矛盾，将深情与忧伤融为一体，让人感动之余更想哭泣。我们那天都很放松，天南海北地胡聊。我向纪季风解释这首曲子的和弦运用，它不是中国式的，更像德沃夏克的交响乐，一旦引入中国因素后马上变得多姿多彩。我边说边做出影片中的武打动作，当然很不标准，但纪季风每每道出动作的名称，像"青衣垂帘""挑灯引路"。我突然问他，纪先生，你真的不会功夫吗？他哈哈大笑，我从未听过他这样酣畅的笑声，王大律师呀，您真逗，我会什么功夫呀，我这两下子是中国人就会。未必吧，我就不会，难道我不算中国人？我故意挑他的语病。您哪，甭看您生在中国，您恐怕真不算中国人。我没吭声，只觉得胸口堵堵的，以前别人这样说我不觉得怎样，今天怎么了？不过纪先生，这个疑问我还是想不通，你苦没诉冤没申，真的就毫无怨言吗？纪季风没说话，他望着远处好像在走神。

斜阳如滞。音乐会结束时纪季风提出请我到"绿坪"饭店吃晚餐。我说下次吧，跟太太说好回家吃饭，来日方长，谢谢你的好意。王大律师，纪季风刚开口便被我打住，别再叫我王大律师，我就混碗饭吃，叫我彼得好了。王大律师，他坚持要这么叫，有件事我想告诉您。什么事？我好奇地问。

> 我们全家，我们全家很快就回北京了。
> 你什么意思，不回来了？
> 对，不回来了。
> 是因为案子的结果？
> 不，案子什么结果我们都会回去。
> 真的？
> 真的。

纪季风接着说，王大律师，无论今后您何时来中国，一定知会我一声，我要尽地主之谊请您吃饭。说着他将一张纸条递过来，上面有行数字，像电话号码。

> 给我打电话，无论中国任何地方我都去看您，也许只有在中国，您的疑问才有最好的答案。
> 为什么？
> 不为什么。
> 不为什么？
> 风在吹，明天的风会与今天的有多少不同吗？

我和小麦克李文依然坚守公司业务这块阵地，而且比以往更加忙碌。讯朗公司总裁沃顿先生又找到我们，控诉该公司的新产品光能手机是如何被罗托莫拉公司盗取的。经过大量调查取证后发现，罗托莫拉公司提供的产品研究报告里，显示不出研究初始阶段的足够数据。在反复质询中，他们时而说初始研究是在中国的子公司进行，时而又改称来源于对一家比利时公司的买断。胡扯，纯粹胡扯！小麦克大叫着，彼得，快把所有罗托莫拉股票清仓，他们死定了。没错，我们正在起草最后的和解报告，罗托莫拉没有王牌了，和解赔偿是他们的最佳选择。当然，这个案子再次成为媒体焦点，连斯特劳斯律师那天在路上碰到我都表示祝贺。他还提醒道，本届纽约华尔兹节即将开幕，彼得，你一定要来，我给你留票。我望着他渐渐远去的背影，绝对倜傥风流，可他怎么会是，我的思路戛地止住了。

9.5

转年秋天，我去北京参加一个年会。完全出于好奇，在返回纽约的头天晚上我拨通了纪季风的电话。夜色已沉，我俩在一家餐厅的雅间见面。当酒上三巡菜过五味，我的感觉刚刚开始，纪季风却已醉眼蒙眬了。他带来的蓝带马爹利酒瓶渐渐透明，长长的瓶颈像花瓶似的在眼前闪耀。我劝他慢点儿喝，他却不听这一套。他的话越来越多，也越来越与我失去交集，最后几乎陷入喃喃自语。

一九四六年，一九四六年怎么了，怎么都一九四六年了？一九四六年，我参加马戏团，人家嫌我小，给我两块钱。哈哈哈……纪季风念起顺口溜，脸上露出孩子般的微笑。

好好，就一九四六年，怎么了？
那一年的春天，有一队英国水兵来到天津。
天津，怎么又天津了？他们在民园体育场跟中国人比赛足球，输了就打人骂人，欺负咱中国人。这时，赛场旁一位长衫老者对英国水兵表示祝贺，上前与他们一一握手。人们正怀疑，这个中国老头儿怎么向着英国人？只听那帮英国水兵纷纷痛苦得大叫起来，原来他们的手全碎了。全碎了？全碎了！王大律师，您知道这是什么功夫？不知道。这叫"挫指柔"。
挫指柔？

对，一种流传于中国北方民间的罕见神功。此功必须从小练起，只男不女终身不断，每年需养元气至少三个月，结婚的不能行房，未婚的不许嫖娼，这样才能……

等等，等等，停！纪先生，你说的这个"挫指柔"简直听着太熟了，如果把英国水兵换成多尼父子，不是严丝合缝分毫不差吗？你说，那个老头儿是谁，到底跟你什么关系？

王大律师啊，人家话没说完您却叫停，好，那就停吧，那就沉默吧。

说完纪季风咣啷趴在桌上，睡着了，被他撞倒的空酒瓶在一旁嗡嗡打转。

第二天上午首都机场，就在我跨过安检门的瞬间，一个声音高叫着：王大律师，王大律师！我忙回头，原来是纪季风。他手持一只空酒瓶，很像昨晚那只，边喊边向我挥舞。王大律师，您不是想知道那个老头儿是谁吗，他叫纪无极，是我爷爷。说完他将空酒瓶长长的瓶颈握在手中一攥，瓶颈消失了，瓶身坠落在另一只手上。纪季风张开手掌，用嘴呼地一吹，一股白烟扬起，缓缓在空中飘散。

路过机场免税店时，我特意找了瓶与纪季风那个完全相同的蓝带马爹利，手持瓶颈狠命一攥，想试试"挫指柔"。没动。不是没动，是纹丝没动。

2010年3月16日　纽约随波斋

老史与海

1

老史的脸绝对是被酒精腌的，酱红色，脸蛋儿布满细细的红丝，好像被网子罩住。还有眼睛，哪儿还有什么眼白，干脆也是红的。他的头微微低垂，有点儿喃喃自语。上衣口袋露出个金属酒壶的盖子。盖子很亮，十分亮，光闪闪的像勋章，又像军装上的铜扣子。他几次想摸那个盖子，手每每扬起，又在半道放下。

彼得，你喜欢船吗？愿意跟我干吗？他的声音低沉粗糙，让我想起喂马的草料。他叫我彼得，我竟没反对，也没问为什么他这么叫我。人有时会毫无理由地沉默，无论这沉默与自己怎样相关。说沉默是默认一点儿不假，你没反对别人就认为是同意，就按同意的路子走。从那一刻起，我就叫彼得了。来的时候同学们说，你这陈九的名字忒难念，老外肯定发不出音，这样见工一听就是新手，不会要你的。我路上边开车边琢磨，如何向老外解释自己的名字？好，这倒省事了，彼得，彼得大帝不也叫彼得吗，不亏。是，我愿意。我说得很慢，故意模仿老史说话的风格，甚至我听到自己声音里也羼进马料，刺拉拉的。老史似笑非笑地点点头。我慌忙又重复一遍，是，我愿意。这次没马料了，声音滑润得像没穿衣服的女郎。老史静了一下，突然往我肩膀上一拍，啪的一声，好，明早上船！

纽约长岛的杰佛逊港是旅游胜地。这里有通往新英格兰的海湾渡轮，还泊着无数私人游艇。一条弧形街道撒娇般倚偎着海岸线，街道两侧密密麻麻布满一个个餐馆和礼品店。这些门面像化妆的女人，既明快亮丽又轻佻暧昧。我原来就在其中一家海鲜馆打工，那年月的中国留学生没几个不打工的，要不是把一杯红酒打翻在客人身上，那个醉醺醺的爱尔兰裔老板也不会把我撵出来。回家的路上我转到离港口不远的中国鱼店碰运气，老板是台湾来的山东人。他说，我自己都养不活还雇什么人，这样吧，你要吃得起苦，我问问老史要不要人？老史是个专门捕龙虾的老头，每天给这家鱼店送货，他祖上来自意大利，叫史蒂文。

第二天凌晨，我按老史说的四点钟赶到码头。起床时，室友们尚在梦乡，房间弥漫着只有睡着后才特有的温暖空气。那是种混合味道，有呼吸的，也有放屁的，虽不好闻但让人充满倦意。我强迫自己爬起来，开着那辆破旧的诺亚牌轿车，在空荡荡的公路上独行。心被即将开始的海上生活搅得七上八下。有兴奋，能在海上航行，像海军一样，海魂衫一条蓝一条白，还有飘带，在身后像旗帜一样飞舞。当然，就算没有这些又怎样，海风总有吧，海水有吧，船也是真的吧。可更多的是担心，会不会晕船，干什么活，为什么鱼店老板说要吃得起苦，多苦？就这么胡思乱想，我在冰凉昏暗的码头上等着老史。

突然，一艘汽船闯过来，船上的探照灯哇地打开，把我彻底笼罩在惊恐的强光之下。当你发现别人看得见你你却看不见别人，会有没

杰佛逊港

穿衣服似的不安感。我用双臂挡着灯光，还没弄清怎么回事，就听老史严厉的呵斥声掷过来：妈的，彼得，你怎么才来！我惊呆了，他声音怎么一点儿没马料了，干净利落像刀切的一样。我连忙答道，你不是说四点吗？我准时啊。你个混蛋，我说四点开船，谁他妈让你四点到。快上船，小心我毙了你。我连滚带爬蹿上船，跟老史撞个满怀。只觉得他手臂硬硬凉凉的，定睛一看，是支双筒猎枪。我倒吸一口凉气，裤裆里阵阵发紧。老史转身走向驾驶舱，顺手把枪往我怀里一塞，拿着！我搂住枪，呆呆站在他身后。

岸上灯火渐渐凄迷，最后连黑乎乎的海岸线也看不到了。海面上的晨雾试图阻挡我们，可船一到又突然闪开，露出深色的海水向我们张望。越离海岸远，就越觉得海水是一个人，一个巨大无比的陌生人，我们在他怀里漂流。只要他喜欢就能让我们立刻消失，仿佛根本没存在过一样。我开始后悔，后悔自己简直穷疯了，好好读你的诗歌博士不好吗，怎么想起揽这么个活儿？这老史是什么人？他一把把我推海里淹死谁能知道？我边想边看看怀里的枪，才发现拿反了，枪口朝下枪托朝上，我连忙把它正过来，紧紧握在手里，好像随时准备搏斗。

老史开他的船，看也不看我。他身上亮黄色的短雨衣很像军装，使他显得格外潇洒挺拔。他开始一口口喝着金属酒壶里的酒，浓浓的酒香扑向我，让我莫名其妙产生想喝酒的欲望。我忍着，不时用眼睛盯着老史。妈的，要喝吗？老史问我时，眼睛仍盯着海面。要喝。他把酒壶盖子盖紧朝我一扔，喝吧，这玩意儿有的是。我接过酒壶猛灌几口，故意装作很酷。这是种极劣质的威士忌，我觉得浑身烧着了，头轰地裂开，剧烈咳嗽起来。老史哈哈大笑，彼得，你这只嫩鸡，还他妈四点到，黄瓜菜都凉了。时间，时间懂吗？抓龙虾就是抓时间，干什么都是抓时间。我这才意识到，老史原来还在为我的迟到耿耿于怀。不知是酒精作用还是晕船，我开始大口呕吐，黄的绿的逮什么吐什么。我死死抓住扶栏，把头伸在海上，那样子肯定非常狼狈。老史仍看也不看我，把我的呕吐不当回事，继续吼叫着时间的重要性，龙虾就这个时候来，晚一点儿就跑了，它们跑了我还雇你干屁？你个傻帽。他发现我仍狂吐不止，身体几次探到船外，二话不说抄起缆绳，一头系在船上一头绑在我腰上，你们中国兵当年就这么绑我的，操，我可不想让你连龙虾都没见着就掉进海里淹死，你个嫩鸡。

在一片孤独的海上，说它孤独是因为周围除了海还是海。我看到海上漂着很多浮漂状的东西，形状好似橄榄球，但比橄榄球大很多。老史的船慢下来，应该说几乎停下来。他走下驾驶舱，在一个浮漂下摸到根绳索，然后迅速往上拉，边拉边大声喊：彼得，抄家伙，往上拉呀爷们儿。我赶忙跑上去，只见一个黑黑的长方形笼子浮出海面，笼子是钢丝编的，上面锈迹斑斑挂满古铜色的海草，笼子里好像有什么在拼命挣扎，"龙虾！"我突然发现里面装满龙虾，激动得大叫。妈的，你个嫩鸡，当然是龙虾，不是龙虾难道是浣熊吗？还不快搭把手！我这才猛醒，想起自己的使命，马上过去跟老史一起把笼子抬到船上。笼子分量不轻，一个人抬真够呛。我们把它搬到船尾，那里有个储舱，里面盛满海水。老史熟练地把笼子一侧打开，将龙虾倒进舱里，再把笼子重新放回海里，一点点儿沉下去。他动作流畅得像机器，每个步伐每个动作都像生产线。我意识到，这就是我要学的，那个位置将是我的位置。

太阳跃出海面，忽一下悬在我们眼前，海水顷刻燃烧起来。我正一身臭汗疲惫不堪，看着太阳什么感觉也没有，只想快点儿结束手上的工作。人们对美的感觉永远是主观的。你看那些海边看日出的人，其实海边能看个鸟日出，他们欢呼雀跃一定是闲疯了。如果让他们从凌晨四点开始，双手像起重机一样转个不停，把多少个几十斤重的铁笼子在海里搬上搬下，几小时下来，别说日出，就算放个光屁股美女在你面前又能怎样。我趴在船舷一个劲儿喘气，刚刚吐个干净，接着又这么个干法，难怪鱼店老板说得能吃苦呢。

船终于开始返航。老史安静下来，他整个身体恢复到在陆地上的样子，松松垮垮的。返航的船速比来时慢，他躺在我身边的甲板上抽烟，对天吐烟圈儿。那些烟圈儿开始很规则，又圆又壮，但升到某个高度突然崩溃，散漫得一塌糊涂。我突然想起刚才他用绳子绑我时说的话，你说的中国兵怎么回事？老史停止吐烟圈儿，把烟屁股咬下来，噗一口吐进海里。该死的韩战，我们在851高地一仗被中国兵俘虏了。他们把我们绑在一起，就在每个人腰上，像刚才绑你一样。你们武器那么棒，怎么让中国兵逮着了？妈的，跟你说什么来着，时间时间，就因为我们比中国兵晚十五分钟到达高地，让人家压着打。要是能早些到，他们绝对不是我们的对手。老史一脸不服气。

正聊着，只见老史脸色突然严峻，眼睛又像鹰一样亮。"你个找死的！"说着他一跃而起，从船舱抄起长枪，又把一支短枪扔给我。会用吗？会。其实我不会，可望着他紧迫的表情就说了会。好小子，别怕，他要靠近就开枪。沿着他的目光，我发现一艘跟老史的船差不多大小的船正靠近我们。船上的人依稀可辨，是个和老史差不多年纪的白人老头，身上也有一支长枪。老史冲出船舱，砰地朝天放了一枪。"该死的混蛋，你敢过来就毙了你，你个偷东西的混蛋。"那条船显然不愿和老史冲突，一驳船头朝相反方向开去。那个白人老头对老史露出坏笑，竖起中指做了个羞辱人的动作，气得老史双目冒火口吐白沫，冲着逐渐消失的船不停叫骂，骂着骂着又对天开了一枪，砰！

海面重归平静，阳光下的海面变得色彩斑斓，充满艺术性。我疑惑地望着正在喝酒的老史，他红红的眼睛激动得要流出血来。我不明白，海不是私人的，为什么他不能到你这边来？再说也没见什么标志，怎么知道这块海就是你的？老史长长叹口气说，每个捕龙虾者都有自己的固定海域，这是靠浮漂的形状和颜色区分的。这片海是他爷爷打下的，为此他爷爷付出一条腿和一只眼睛的代价。一次船被打翻，他爷爷划着一块破船板，几经周折才回到岸上。爷爷传给爸爸，爸爸又传给他，这是家族行业代代相传，警察不管，海岸警卫队从不到这里来，大家就靠世代相传的规则维系一种平衡。如果什么人不知深浅来此捕龙虾，先是好言相劝，实在不行，周围同行都会团结一致剪他的笼子，直到把他赶跑。刚才那条船主经常跑到老史的海域偷龙虾，被老史抓到几次，可那小子就这副流氓腔。他死定了，早晚我毙了他！老史咬牙切齿地说。

船缓缓前行，海鸥越来越多，这说明离岸近了。老史把几只死龙虾剁碎抛进海里喂那些海鸥。海鸥欢快起舞，鸣叫着争抢食物。老史说，海鸥是行船人的伙伴，只要看到海鸥就什么都不怕了。你看它们撒欢的样子，像不像孩子，像不像你养的猫啊狗啊，看你回家就围着你转？我望着老史松弛下来的面孔，开始思考岸对捕鱼人的意义，那是他们的宗教，他们的希望和全部寄托。我想起曾经在游乐场玩云霄飞车的感觉，一点儿都不刺激，只想马上下来，让双脚踩到地上。海洋再美，人类却无法属于海洋。你能像鱼一样沉进海的心脏，分享海的生命吗？海对于人类只能是个朋友，一个非常怪异的朋友。好的时候像情人，任你搂任你抱，可不知什么时刻，她会毫不留情要你的命。

"该死的，彼得嫩鸡，你是来旅游的吗？"老史突然跳起来，用脚在我肩上踹了一下。我也跳起来，不知他又要干什么。只见他从什么地方取出一盒猴皮筋儿，开始往每只龙虾的大夹子上套，然后按个头大小，把龙虾分装在纸箱里。我连忙跟他一起干，干着干着就比他干得还快，这种简单劳动难得了谁。老史索性停下手，坐在一旁抽烟。

我抱怨道，龙虾又不伤人，套它何用，真多此一举。你懂个屁，万一夹着谁还不吃官司，这年头什么都是官司，不想干就放下，我自己来。不知为何，我一点儿不生气也不害怕，只是微笑地对他说，噢，我都干完了你才说，你要早说就留给你。老史哈哈大笑，该死的，你不是好鸟，一看你小子就不是个好鸟。下了船要不要跟我去痛快痛快，哦，哦，告诉我，舒服吗？他边说边闭上双眼，装着在自己身上胡乱抚摸起来，那样子真像个大流氓。

<h2 style="text-align:center">2</h2>

抓龙虾这活儿看着不难，才两个月，除了没让我开船，其他我都能干。凌晨四点起锚，取笼子放笼子，分等装箱，连把死龙虾剁碎喂海鸥都是我的事。难的是掌握龙虾的生活规律，像老史那样，闭上眼能说出海底的一草一木，好像他自己就是龙虾，只不过是爱喝威士忌的龙虾。他可以举着金属酒壶，把龙虾从哪儿来到哪儿去，何时候往笼子里钻，都说个清清楚楚。听他侃这本儿带酒味的龙虾经，我有种冲动，想立刻穿上潜水服跳进海里验证他的话，因为他说话的神态就像刚从海里爬出来一样。

彼得，龙虾醒了，咱得快点儿。
你看见了？龙虾睡觉什么样？
把头靠在两个夹子上，跟我睡觉姿势差不多。
嘘，小点儿声，留神我把你抓走卖了。
混小子，不是个好鸟，我说什么来着。

空旷的海面。空旷是种力量，逼你感到一切都很轻渺。汪洋中的这条船连同我们自己，不过是天地一瞬，而海才是永恒。我们一老一少，在黎明的海面上相互调侃，把说笑蘸着威士忌洒向海面。海这家伙肯定也喜欢酒，要不怎么会一见老史的酒壶就雀跃不已，把船晃得上下起伏。说到老史的劣等威士忌，自上次把我呛得上吐下泻，就总想给他换些好酒喝，当然不乏有拍马屁之意，毕竟他是老板我是雇员。那天我买了瓶"奇瓦斯"，上等苏格兰威士忌，偷偷灌进老史的酒壶，想给他个惊喜。万没想到，老史噗地喷出来，操，这是什么玩意儿，拿我当孩子吗？喝这东西鸡巴会退化的。我气得险些吐血，中国人最恨好心当成驴肝肺，奇耻大辱，跟割地赔款差不多。我一把夺过酒壶，咕嘟咕嘟全倒进海里。

老史望着我无奈地摇头，你们中国人怎么都这德行？什么德行，少说中国人坏话。我不悦地反驳他。本来么，老史接着说，当年在朝鲜被俘，有个叫"杨"的中国兵看守我们。彼得，中国有这个名字吗？我点点头，当然有，杨家将不就姓杨。这个杨长得像个娃娃。我们想吃鸡，他就弄鸡给我们吃。可盐放太多，咸死了。我们刚一抱怨，杨站起来不由分说一脚踢碎沙锅，鸡汤把火都浇灭了，结果炖鸡变烤鸡，味道也不错。彼得，你让我想起杨，那个臭脾气小子。

晨曦映上海面，海水仿佛去幽会拼命打扮起来，把各种颜色涂在脸上，既华丽又热烈。有趣的是，太阳没出来时，海水显得焦躁不安起伏不定，让你觉得她如果有腿，肯定在你身边踱来踱去没完没了，令你发疯。一旦太阳出来，海水就安静了，甚至变得含情脉脉含苞欲放，这氛围让我倍感舒畅。我望着老史，听他自言自语叙述往事，一番感慨漫上心头。自到他船上打工，他脾气似乎平和了很多，粗犷之下露出孩子般的质朴，毫无六十多岁人应有的世故。看来人孤独太久难免就胡说八道，尤其独自出海，说话没人听，死了都没人知道，这本身就是压力。压力会把人推向反面，要么人干吗必须有伴儿呢。

说到伴儿，除了我，老史真没什么伴儿。他孑然一身，最大乐趣就是找安妮喝酒逗乐子。杰佛逊港南端有条巷子，里面有家叫"佩姬"的酒吧，安妮就在那里做女侍。她乍看不到四十岁，金发碧眼楚楚风情，两个乳房忽忽悠悠，像两只要蹿出来的兔子，走近则发现不少细褶子已暗中爬上她的眼角，悄悄编织着岁月。

那晚老史打来电话叫我陪他喝酒。走，彼得，带你痛快痛快。原以为他说带我痛快是句玩笑，没想到动真格的了。我随他步入这家酒吧。老史进门就喊，安妮，宝贝儿，这是我说过的彼得，给他个双份儿。安妮远远打量着我调侃道，他还是个孩子嘛。老史一笑，瞧着老实，不是好鸟。我脸一下红了，很尴尬。安妮姗姗走来，带着洞察一切的眼神，两个鼻孔呼扇呼扇，让我立刻明白什么叫嗤之以鼻。她把晶莹的酒杯放在我面前。我坐着她站着，她的乳房和诱人乳沟挡住我的视线。我屏住气扭过头去，只装什么也没看见。老史哈哈大笑，一把将安妮拉到身边，当着大家的面就和她亲吻，边亲还边拍安妮的圆屁股，啪啪作响。"去你的。"安妮嗔怒地推开他。

我没见过这阵势，臊得心跳，赶紧把目光转向他处，全身上下都难以接受我跟老史是一伙儿的事实。我四下张望生怕遇到熟人，咱毕竟是石溪大学英国文学系的博士生，还专攻雪莱，让人发现在这儿看拍女人屁股成何体统？老史则恰恰相反，几杯下肚更加放肆，像撒欢的狗或追逐母鸽子的公鸽子。他喊道，凯蒂，快叫凯蒂来，她不是喜欢诗吗，彼得就是研究诗歌的博士。这一喊不要紧，周围人的目光刷地投向我，他们肯定觉得我是个堕落分子，好好诗歌不研究跑这儿来干吗。我只顾低头喝酒装着若无其事。这时有位女士约三十岁左右，棕发黑眼曲线玲珑，哇地大叫起来，不得了，诗歌博士，雪莱博士，不得了。她说着坐在我身边。"我是凯蒂。"她向我伸手。我是彼得。先声明，我可不是博士，只是博士候选人。不得了，不得了。凯蒂根本没听我说，就这么"不得了"地看着我。

那天折腾到很晚。就属老史最忙，一会儿发着酒疯对凯蒂说，彼得他，他他妈假正经，甭理他。一会儿又把手搭在安妮肩上朗声大笑，和周围人讲黄段子。过去我以为只有中国人讲黄段子，闹半天这是国际性娱乐活动，根本不分种族国籍。更奇妙的，老史讲的有些段子我在中国就听过，当然是中文的，内容大致相同。比如他说，一个嫖客，只剩下五块钱，他想要，算了算了，不细说。鬼晓得是美国偷中国的还是中国偷美国的，无所谓，酒吧里所有人只管哈哈大笑，安妮和凯蒂也跟着笑，笑到流泪。我发现再俗的女人一流泪俗气就没了，起码减半。

3

第二天上船老史就不搭理我，离岸时他还故意拉了把汽笛，鸣地吓我一跳。倒不是我胆小，凌晨四点，码头附近居民尚在梦中，能不鸣笛就不鸣笛，这是老史自己定的。码头非路口，既无行人也没车辆，除了深色的海就老史和我，莫非他是冲我来的？我没吭声，不理他，谁知他又搭错哪根筋。一路上他不说话，我也不说，只听船舷两侧的浪花忧虑般沙沙响个不停。此刻的海面突然很静，像瞪眼观望的孩子死死盯着我们。我坚信海是有生命有情感的，她肯定察觉出老史和我之间进行的冷战，否则为什么会一反常态安静起来。

直到起笼子，矛盾终于爆发。有只笼子死活拉不动好像卡住了，我拼命拉，两臂肌肉山梁般隆成一条条。老史，我学着他的口吻，爷们儿，搭把手啊！老史纹丝没动，继续抽他的烟。操，干我屁事，这是你的活儿，我拉要你何用？等我好容易把笼子拽上来，这口闷气再也忍无可忍。我冲他大叫，活儿是我的，龙虾可是你的。绳子脱了手，龙虾没了笼子也没了，干我屁事！老史你干脆说，到底哪根筋错了？我哪根筋错了，正要问你。你对凯蒂什么态度？人家找你说话你爱搭不理，生把她晾了一晚，什么意思，你个屌博士有什么了不起。我这才明白老史为何使性子，原来为了凯蒂。这女人疯疯癫癫，就知道说不得了，我跟她说什么她既不听也不懂，或既不懂也不听，都一样，让我怎么理？再说凯蒂跟你什么关系，干吗这么护着她？你喜欢你留着，发给我干吗。老史一听更火大，放你娘的屁，别不识抬举，你他妈个中国佬，能玩美国妞儿还想怎样。

你说什么？

我呆住了，空气凝滞得像块水晶，我则是里面的琥珀，真不敢相信自己的耳朵，全身血浆呼地喷进脑子，把每个毛孔涨立起来。好，总算你说句实话，我是中国佬，改不了也不想改。老子不稀罕美国娘们儿，知道为什么？老史自己也傻了，两眼发直像幅恐怖照片，拿酒壶的手不住颤抖，为，为什么？因为我希望你说的那个中国兵就是我！说完我抄起救生圈，望了望前方清晰可见的海岸线，对不起，中国佬辞工了，救生圈用后还你。好你个彼得，不跳你是杂种。跳就跳，闪开点儿，拦我你是杂种。一转身，我扑通跳进海里。

虽说是七月，清晨的海水依然很凉，冻得我一激灵。海水的浮力将我推出水面，分不清我是跳进海里，还是大西洋底来的人。我大口吸气尽力适应水温。为了取暖，我索性躺在救生圈上脱掉外衣，让阳光直射赤裸的胸膛。老史开船跟着我，我则故意离开航道让他无法靠近，气得他哇哇大叫，最后带着吼声远去。就不理他，神经病老史，竟说出这种话！中国佬怎么了，中国佬俘虏过你，号称强大不过打个平手，凭什么瞧不起中国人。我越想越气拼命划水，争取早些上岸。这点儿距离算什么，当年跟一帮同学从北戴河游到秦皇岛，比这远多了。心里没底我才不跳，中国佬从不打无准备之仗。

　　可人算不如天算。我很快适应了水温，奋泳前行。游着游着，突然觉得有股巨大力量将我横推，怎样抵抗都无济于事，我仿佛坠入急流，又像面对一堵无形之墙难以穿越。海流，一定是海流！一股恐惧袭上心头。我会被冲向何处？只怕还没上岸就被鲨鱼给吃了。北戴河秦皇岛那是内海，像个湖。可这是大西洋，离岸再近也是纯粹的海洋。我全身强烈地呼唤岸，这呼唤令以往所有的欲望不值一提。真正的海永远迫使人面对死亡，正因为面对死亡才更明确生的含义。我想到老史，想到我们共享的海上生涯，手中的船缆是两股绳子绞着劲拧在一起，哪根一松另一根就断。生命的交织，早让文化种族，甚至性别差异都不再重要。只有生命，赤裸的生命，在巨大异类的海洋面前，合并同类项地融为一体。老史真是那个意思吗？他此刻在哪儿？我这么胡思乱想随波逐流，心中一片空白。可命运很奇怪，它往往是一堆不可琢磨的机遇组合，完全没有逻辑。当我奋力挣扎手足无措，突然觉得海流好像停了。我半躺在救生圈上伸长脖子四下张望，哈，不知该笑还是该哭，涨潮了，他妈的涨潮了！海水一波波，像一双双手把我向岸边轻推。我唯恐天下再乱，拼命使出最后力量全速冲击，越来越近，岸上行人和车辆都已看清，甚至连码头旁麦当劳的油烟味儿都几乎闻到。这时，双脚猛地被绊了一下，我屏住气一股脑蹿上海滩，趴在滚烫的沙子上再不肯起来。

　　好一会儿，我远远看到老史的船在泊位上左摇右晃很显仓皇。虽说不再为那句话恨他，可心里仍是不爽。你个老梆子，真的见死不救？不救我也回来了，中国佬又回来了！老史的船一片死寂，海浪拍打船舷的空洞响声此起彼落。走近细看，缆绳盘得很乱，锚也抛得过远，都不像老史干的。怎么回事？我连忙跳上甲板，把救生圈挂回原处。"老史，老史。"没人回答。船上空无一人，船舱十分凌乱，老史的金属酒壶和亮黄色雨衣扔在甲板上。我心不由一沉，出事了！赶紧查看尾舱，龙虾怎么还在舱里？舱内水温明显过高，龙虾几乎奄奄一息。我大叫一声，操！二话不说立即往舱里补充海水，过一会儿再把龙虾一只只装进纸箱，还分个屁等，装一箱算一箱吧。

最后跑到停车场，龙虾贩子们每天都在这里等老史的船。只要一靠岸，老史便开始激情地和他们讨价还价，"一块五？下地狱吧你，少于一块九不卖！"我则呆呆站在一旁，望着海水出神。大海完全是另一个世界，是瞬息万变铸就野性的地方，我真能属于这种生活吗？这时老史会一把推醒我，把几张钞票往我手上一塞，然后扭头朝渔船走去。他的背影一点点儿缩小，呜地消失在横蛮挺拔的汽笛声里。可此时此刻已经太晚了，龙虾贩子们早散了，只有老史的白色卡车和我那辆破诺亚在斜阳里形影相吊。我急得直想撒尿，龙虾死后很快就化成水，扔都没地方扔，怎么办？

这时一个墨西哥裔小伙子从停车场走过。他见我在撒野尿，莞尔一笑。我想起来，这人不是总替一个龙虾贩子搬运龙虾吗，是他，没错。我顾不上尿完就拉起裤子叫住他，你老板呢？在对面鱼店里。就那家中国鱼店？对。我发疯似的往鱼店跑，咚地撞开门，鱼店老板和那个龙虾贩子惊讶地望着我：

> 彼得，你咋弄成这副德行，老史进医院你不知道吗？
> 什么！我不知道啊，怎么回事？
> 他昏过去了，被救护车送走了，准又是喝太多。
> 哪家医院你知道吗？
> 还有哪家，不就石溪大学那家。

我转身要跑，突然想到龙虾，连忙说，二位老板，老史的龙虾，整船龙虾再不走就死光了。我做主，吐血价五百块，大小全走，你们帮个忙，这可是老史用命换的呀。说到"用命"两个字我鼻子一酸，泪水涌出来，单单是老史的命吗？他俩相互看看，鱼店老板忙说，别急彼得，龙虾我们要了。说着他打开收银机取出一沓现金。这是五百元，你先拿着，老史肯定正需要钱。我接过钱，连谢都忘记说，只顾喊道，龙虾都装好了，赶紧叫人到船上搬吧。接着就往外跑。"得活的啊，死的我们可不要，这小子。"他俩的叫声追我追到街上。

哇，谢天谢地，老史竟没大碍。他喝酒喝疯了酒精中毒，输了液后渐渐缓过来。其实跟海打交道的人才不会轻易就死。海洋逼人在生死线上起舞，正因为如此，也赋予淘海者异常旺盛的生命机制。我跑进医院的急诊室问一位胖护士，她圆乎乎的身体似乎专为与乳房配套，"老史呢？"哪个老史，姓什么？我这才发现说不上老史的姓。他告诉过我他的意大利姓，因不符合英语发音规则，十分难记。姓，姓，我拼命回忆那些奇怪的字母组合，只听一声嘶哑的喊叫，"彼得嫩鸡，你可回来了！"声音从护士办公桌正对面的病房里传出。我砰地闯进去，只见老史身上插满管子，嘴上的氧气罩他被推至前额。他半躺半坐酒气逼人地伸出手，一把拽住我脖领子：

对不起，彼得。我不是那个意思。

知道，我知道。嘘……

他忽地又栽下去，震得弹簧床垫发出惊慌的响声。我看到一滴浓浓的泪水从他眼角由小变大，沿着面颊，像有生命一样寻找路径，最终落在枕头上，变成一片不规则的痕迹。我无言地坐在老史身边，握着他粗糙的手，只见他嘴唇开始微微嚅动，嘀嘀咕咕念着什么，听上去好像是：

这朵花的香气已经散失

　　如你的吻对我吐露过的气息
　　这朵花的颜色已经褪去

　　别说话，你唠叨什么呀，好好休息。

我在一旁不停地劝，可他不理不睬。

　　如你曾焕发过的明亮，只有你
　　一个萎缩、死的、空虚的形体
　　它在我荒废的胸口
　　以它冷漠和无声的安息
　　嘲弄我那仍炽热的心
　　我哭泣，泪水无法复活它
　　我叹息，它的气息永远不再
　　它沉默、无怨的命运
　　正是我所应得的

　　妈的！我大吃一惊非同小可。这，这不是雪莱的《一枝枯萎的紫罗兰》吗，你怎么会背这首诗？快告诉我怎么回事？老史轻轻舒了口气，缓缓睁开一只眼，彼得嫩鸡，不泡妞儿你研究个狗屁雪莱。说完他侧过头，伴着鼾声尽情睡去。

4

　　后来我才发现，老史不仅会背雪莱，还会唱歌。那天出海正赶上阴天，四周出奇的黑暗。哇，那是怎样一种黑啊，如果不摸摸自己的脸或咳嗽两声，就无法感到世界的存在。黑暗中的一切就像气体，忽地消失了，没了，挥发到什么地方谁也说不清。我拼命跺脚，啪啪作响，让自己相信船还在脚下，它是我躯体的一部分，甚至是我的全部，那时刻，分不出什么是船什么是我，我无法相信我和船是两回事。老史调侃着对我大喊，彼得呀，怕了吧，你不是动不动就跳海吗，跳呀，哈哈哈哈。我才不怕呢！其实我本想说"有你老史在我就不怕"。可话到嘴边就变了，不是要面子，是找不着感觉，面对老史你就说不出那些情深意长的话。我觉得在我潜意识里，老史和海很难分开，他在黑暗中的喊声，莫非是海对我刚才跺脚的答复。我甚至怀疑，老史是不是从海里冒出来的，是不是龙虾变的？我回头望着他，驾驶舱昏暗的灯光映着他坚硬的下颚和一张一合的嘴巴，就像海伸出的一颗头颅。

你在唱歌吗？

我对他大叫。

你说什么？
我说你在唱歌吗？
我听不见，再大声点儿。

算了，再大声也大不过海，人只有到了海上才知道什么是渺小，因为海太大太大了。老史走下驾驶舱，离我越来越近。他走近我时还在喊：

彼得，你刚才说什么？
我说你在唱歌吗？
对，我在唱歌。
你真的在唱歌？
对，我真的在唱歌。
你唱什么，我听不见你的声音，只见你的嘴在动。

老史

老史站在我的身边没说话，他的脸向着漆黑无际的海面，突然冒出一句，"人很小。真的很小。"我接过他递给我的金属酒壶灌了一口，老史，你什么意思，什么大小的？不小吗？老史好像自问自答。

不信你甩开嗓子对着海唱吧，如果你觉得不够专业就叫斯台方诺来唱，结果怎样？海根本不理你，不是看不起你，是根本没听见，你的声音被吸走了。别说海没听见，连你自己恐怕都听不清自己的声音，那时你就知道人有多小了。

好，那我可就唱了，"看晚星多明亮，闪耀着金光，海面上微风吹，碧波在荡漾……"我觉得这歌声不像从我嘴里传出，而是远方飘来的一声轻唤，似有若无丝丝缈缈。老史显然喜出望外。

该死的彼得，你怎么会唱《桑塔露琪亚》，这是拿波里民歌，斯台方诺唱这歌最棒。

你呀，总斯台方诺，现在都已经帕瓦罗蒂了。

狗屁，那胖小子不行，声音又尖又细，不像爷们儿，快，接着唱啊彼得。

"在这黑夜之前，请来我小船上，桑塔露琪亚，桑塔露琪亚。"最后几句老史跟我一齐唱，我用中文，他用意大利文。他唱时我故意停顿，想听他的声音。那声音低沉沙哑，浸透烈酒的挣扎，但节奏准确，充满深情厚意，让我暗暗震动。我始终相信，听一个人的歌声可以揣摩出他的青春岁月和心灵本色。斯台方诺是五六十年代风靡世界的意大利歌唱家，也是帕瓦罗蒂的老师。当年的老史该是怎样痴迷他的歌声，做他忠实的粉丝呢。我听过斯台方诺唱的威尔第的歌剧《弄臣》，当然是录音带，他声音虽没帕瓦罗蒂那么高，但比老帕厚重饱满，充满表现力。老史看上去意犹未尽，继续沉醉在自己的歌声里。我望着他，像望着一个率真的孩子手舞足蹈尽情尽意。

天终于亮了，乌云似走还留，把眼前的日出压缩成一条赤红的练带，在激跃欢舞的浪尖上飘荡。如果此时有人问，地球上什么地方离天最近？不是迪拜沙漠上用黄金堆砌的楼宇，也不是喜马拉雅山顶，是这里，是海上，纵身一跃就可驶进天里，或者说你本身正在天里徜徉。海洋从来不会思考与天堂之间的距离，这完全是人类造出的虚假命题。想到这儿我心情通达，这跟心旷神怡不同，后者有舒适之意，前者没有。前者纯粹指从脚心到头顶开通了，一条隧道被打通了，什么都可以由下到上，当然也可以自上而下来来往往，高兴了来往，痛苦了也可以来往，就像加拿大西北部有一种两用隧道，火车可过，汽车同样可过。

我想起老史跟我说过的话，他说他从不捡掉在地上的东西，不管什么，不管多珍贵，掉就掉了，去他妈的，就像从未拥有过一样，连麦克阿瑟将军给他的酒壶也这么丢了。仁川登陆攻下开城当天，麦克阿瑟检阅部队。走过老史身边时，被他上衣口袋露出的金属酒壶吸引，你爱喝酒？麦克阿瑟问他。老史非常尴尬满脸通红，情急之下为自己辩护道，我爸，爸的爸就爱喝酒，我……好了好了，你这只酒壶我喜欢，咱俩换怎样？是，将军。就这样，他同麦克阿瑟交换了酒壶。回国后很多人出高价买他这只酒壶，他就不卖。没想到一天出海，喝酒时没留意把麦帅的酒壶掉进海里，冒了个泡儿就没影儿了。打那以后他就养成不捡东西的习惯。海上行船必须有一种洒脱，这跟陆地生活完全完全不同。陆地上丢了东西可以找，翻过来掉过去地找，因此人们干什么都能反悔，悔棋，悔约，悔这悔那，以及由此派生出的种种计较纠缠鱼死网破。海上不行，掉了就没了，漫说麦克阿瑟的酒壶，就是女皇王冠上的钻石又怎样，照样该去就得让它去。海洋逼迫人们只能义无反顾，从脚心到头顶必须开通，否则没法活。

返航时老史又把船定在自动巡航上，这样我们可以躺在甲板上抽烟喝酒聊大天儿。我突然问他，你怎么会背雪莱？老史回头一笑，那微笑不同于以往他的任何面部表情，是一种恍如隔世的天籁，超越时空突然飘降，像捕鱼人捞起一只来自远古的漂流瓶，充满神秘莫测的联想。这里没有海洋的宽阔沉重，却不失都市生活的温存轻佻，你可以看到很多东西，少年人的华丽发型，黄昏街头的暧昧身影，酒吧里的觥筹交错，一把搂住女人的喷火眼神，还有热辣的爵士乐，汽车后座上的云雨，一切世俗风流青春涌动的画面，都可在老史的蓦然一笑中找到印迹。我不由地惊讶，心中轰地升起莫名其妙的激情。

据老史说，朝鲜战争后，作为第一批交换战俘，他回到家乡纽约。当时的艾森豪威尔政府对所有韩战退伍军人实施了一项优待政策，让他们只要愿意，免费进入任何大学学习。老史选择了著名的哥伦比亚大学英国文学系，开始了新生活。为什么是英国文学系？我不解，因为这个专业把我自己搅得筋疲力尽，况且在这个物质与技术横流的年代，完全看不到前途。老史说，他母亲没上过大学却爱写诗，从小他就听母亲为他朗读欧洲浪漫诗人的美丽篇章。在朝鲜，伴他渡过战争恐惧与孤寂的除了威士忌酒就是诗歌，因此回到纽约后，想也没想就选择了英国文学系。

你母亲她？

她早死了，从楼上跳下去，长裙在空中飞舞，那是她最后一首诗。

你亲眼看见的？

没有。

那你怎么？

一定是这样，彼得，一定是这样。

我拼命揣摩老史说这话时的平静眼神，何止平静，还有丰满的感觉在闪烁流淌着。那完全是把生命悟透的淋漓尽致，是超然于生死之上的豁达或无所谓，其实都差不多。到底是海洋重塑了他的心灵框架，还是最后一首诗醉蒙了他，其中的因果时空并不重要，震撼我的是他那副生死无距的神色，你根本觉不出最后一首诗的作者已不在人世，甚至你觉不出时光已逝去几十年。是什么让他能把某个时刻凝滞住，像图钉把一张纸条凝滞在黑板上那样。老史继续说，他像跳水似的扎进英国浪漫派诗人的怀抱，他喜欢济慈、拜伦，最终让他深刻感动的除了雪莱别无他属。为什么，为什么偏是雪莱？那你为什么，彼得，你为什么也雪莱？老史瞪我的双眼深邃明亮，钉子似的一寸寸往我心里嵌入。我，我不光因为他的诗歌。对呀，老史叫起来：

把雪莱仅看作诗人是不公平的，他像上帝一样到这个世界是为牺牲而来，浪漫如果离开理想离开对人类的拯救，还有什么屁意思。

可你不是说不泡妞儿就，别读雪莱吗？

操，泡妞儿你也得有善良和同情，否则有什么美好，不懂美好你怎么研究雪莱，你怎能懂雪莱诗歌的初衷到底是什么呢。

我彻底傻了，傻得几乎不认识眼前的老史。他说得一点儿不错，雪莱本质上不该是诗人，而是用诗歌形式宣扬理想的社会活动家。这个被当今学者漠视的现象，反映了人类远离浪漫是假，抛弃理想是真的严酷现实，没想到这却在长岛湾一条龙虾船上，伴着海浪和威士忌酒刺鼻的浓烈，被老史点明了。操，老史老史老史，你他妈不是好鸟！彼得，彼得嫩鸡，你他妈是王八蛋。我和老史兴奋地大喊起来，嗷嗷嗷像野兽一样狂呼乱叫，非此不足以表达彼此的共鸣。浪花拍打着船头，仿佛为一次庆典击节，啪啪啪此起彼落。阳光抚摸着我们赤裸的臂膀，尚未退尽的汗水把黝黑的皮肤擦得像烤瓷一样晶亮。可你怎么又抓起龙虾了？我话锋一转，实在等不及想知道究竟怎么回事。哈，大学三年级时我父亲也死了，留下继母和一个年幼的同父异母弟弟马克，老史面向大海吸着烟说，老一代留下的这片海域如果无人继承，很快就被同行瓜分，到时候想讨都讨不回来，这就是宿命，几代人靠海生存，我怎能一走了之。正说到这儿，妈的，要起风了！只听老史一声大吼跳进了驾驶舱。

快，彼得，把龙虾箱子用缆绳缠几道。

是，船长先生，保证不让美味掉进海里。

龙虾算他娘什么美味，你还没吃够吗？

我，我……

你什么，哑巴啦？

我没吃过龙虾。

什么，你胡说八道。

我真没吃过。

该死，太荒唐了，这怎么可能。

别看跟老史干这么些日子，我的确尚未尝过龙虾的滋味。那年月的中国留学生全是赤手空拳闯天下，用今天时髦的说法叫"裸学"，挣点儿钱不容易，连麦当劳肯德基都很少吃，更别说龙虾，想都不想。跟老史出海，每天龙虾从手边进进出出，可毕竟那是老史的生意，他靠这个生活，所以干完活拿钱走人，咱宁可回家吃方便面也不占这便宜，不能丢中国人的份儿。老史刚才问我时开始没好意思说，这在逻辑上太荒诞了，抓龙虾的没吃过龙虾，讲不通嘛。可没吃过就是没吃过，有什么寒碜的，实话实说比什么都强。那天上岸时，左等右等等不来老史，平时他早发给我工资让我走了，今天怎么了？正琢磨着，只见老史抬着一个纸箱朝我那辆破诺亚走去。我高声问，干什么老史？他把纸箱往我车的后备厢上一放，咚的一声。

> 彼得你听着，今天起，每天除了工钱你必须带几只龙虾走，大的好的也不给你，反正让你吃够。
> 不，我不要，几只龙虾也是钱，我真不要。
> 妈个逼的，彼得嫩鸡，除非你不再见我，否则少废话！

说完他扭头就走，他的背影一点点儿缩小，呜地消失在横蛮挺拔的汽笛声里。

5

八只，整整八只。到家打开纸箱一看才知，老史竟给我塞了八只龙虾，虽不很大但个个儿活，一碰满桌爬。老史啊老史，你真是，八只龙虾卖给中国鱼店至少也得几十块，我一人哪吃得了这么多。可话说回来，看着这些活物心里暖融融的，仿佛老史的龙虾船呼啦一下闯进屋里，横架在我眼前的饭桌上。与老史的交流越来越赏心悦目了，开始是被海逼的，因为海上漂泊，世界就剩我们俩。后来，尤其是我们雪莱之后，这话该反过来，我们俩就是世界。这龙虾我应该吃，我必须找到与老史同样的感觉，抓龙虾的不吃龙虾绝对荒唐，老史说得一点儿不错。

没等我说，几位室友早兴奋得手舞足蹈欲取欲夺。那天晚上，我们全宿舍都沉浸在节日般的骚动中。我住在石溪大学的研究生宿舍区，每套公寓三居室，每室两人，我们六条光棍儿均来自中国，关起门就是男性中国城。

只见大家有架锅的有切菜的，还有出去买啤酒的，既井井有条又一塌糊涂。北京来的喜欢清蒸，上海来的非说姜葱才不枉此吃，最后折中，折中是放之四海而皆准的普世真理，一半一半谁也别争。但拌佐料时又发生矛盾，北京人说就姜和醋，上海人说不够味，再加一点儿麻油和糖。

> 香油就香油，还什么麻油！
> 是麻油嘛，芝麻的油简称就该是麻油，叫香油不够准确嘛。
> 得了吧你，愣还放糖，你们上海男人不觉得自己甜过头了吗？
> 甜有什么不好，总比你们北方人硬邦邦强。
> 哈哈，硬邦邦，我们都硬邦邦，就你软塌塌行了吧。

我们大伙吃呀喝呀，唱"几度风雨几度春秋""吃葡萄不吐葡萄皮儿"，都是当时刘欢杭天琪最时髦的流行歌曲。我就不明白，老史非说龙虾不算美味，这不是美味啥是美味？呀咪呀咪，味道大大地好嘛。

我那天对老史说，龙虾味道非常好，简直美味，你怎么说不算美味呢？老史哼了一声没理我，半天才说，美味就好，美味就好。他说话时眼睛看着远方，仿佛期待着什么，拿酒壶的手微微颤抖，既不喝也不放下，完全在自言自语。我顺他的目光望去，海面今天异常平静，海水在这里与岸边的海丝毫不同，岸边的像祖母绿，妩媚温润，没什么分量，而这里的海是靛蓝的，深邃冷峻博大豪迈，她远离那个喧嚣繁琐的尘世，让你明白我们所依存的社会远非永恒唯一，真正的永恒不会充满装饰性，就像纯金并不耀眼一样。海水越深蓝，浪花就越洁白，一簇簇此起彼伏，像巨大的合唱军团在交替欢唱，难怪世界所有的海军军装多以蓝白为款，这既是对海的赞美也是对海的敬畏。每次看海都让我震撼，心底腾涌着永不枯竭的感动。这才是水的祖国啊，而所有的河湖港汊不过是水在人类手中的人质而已。它们怕被架出去枪毙，才显得格外驯服温顺。看到海才知道，那些被掠为人质的水早已失去原有的个性，就像被逼良为娼的女人，接过几次客，也就听之任之了。

可老史他怎么了？

我从未看到老史像此时这样安静过，他死死地盯着海，像一座雕像。这不像是哀伤，更不像愤怒，绝对不像，因为无论哀伤愤怒我都可以接近他，可以问可以吵可以叫可以骂，可以龙虾可以韩战可以跳海可以雪莱，但此时不行，我心中突生一种恐惧，生怕惊动他，老史像是一只玛瑙杯，只消一句话就会粉碎。我奋力干活，无声无息地干活，直到返航实在没办法才轻声问他，"返航了，开船吧。"海上行船并非所有航段都能使用自动巡航，这取决于航道的行船条件。让我大吃一惊的是，老史举起持酒壶的手向驾驶舱一指，"你来！"他声音不大却十分清晰不容置疑。我？可我没驾照呀。老史没再理我，他点上烟，继续望海。我迟疑片刻呼地跃上驾驶舱，重新启动，把船缓缓驶向来时的航道。不是不会开，这么长时间看也看得差不离，老史在身边我也开过好几次。可我没驾照，压根儿也没想考，考这种驾照必须上专门的培训班，积累足够的驾驶小时，还有，得花很多钱。老史一再警告我，没驾照不许独自开船。有几次我想自己试试，这么宽的海面四下什么都没有，还能怎么着？全被他拒绝了。你懂个屁呀，海流，风向，还有沙礁，哪样都能要你的命。他今天这是，怎么居然让我开船了。

上岸时我像往常一样，帮老史把所有龙虾箱子搬到停车场边上，趁他与龙虾贩子高声喊价之际本想溜走，他今天不说话，我有点儿吃不准他的心境，没想到他一把揪住我，回来，把这箱带走。我只好乖乖从命抬着纸箱离去。箱子里的龙虾扑腾扑腾作响，像我的心境一样，一直响个不停。

快到家的时候，我抬着纸箱往前走，远远看到一群人挤在我们宿舍门口并发出喧嚣声。他们看去都是这个研究生宿舍的住户，有些身影还十分熟悉。喊声最甚那个是数学系的访问学者，他的湖南口音很冲，总让人想起"秋收暴动"之类的词句。他见我姗姗走来，立即用手指着我大喊道：

来了，我说得没错吧，就是他。

我怎么了？

你私贩龙虾，还是死的。

私贩龙虾？死的？

别赖，你手里拿着什么，敢打开吗？

打开就打开，怎么了？

说着我打开纸箱，里面的龙虾见到光线后激动地前赴后继往外爬。这时只见负责这片宿舍区的主任，一位印度裔老兄出现在我面前。他问，龙虾是你的？是我的。那他手里那些死龙虾，也是你卖给他的？我这才注意到湖南人手里有个塑料盆，里面的几只龙虾一动不动。正疑惑，突然发现同宿舍的北京人和上海人站在印度裔身后，垂首无语神色凄然，顿时全明白了。肯定是这两位老兄背着我把龙虾卖给邻居了，他们一直鼓动我卖龙虾赚钱，还从实验室搬来两只冰箱存放龙虾。他们说，经多次实验证明，龙虾在二至四摄氏度低温下至少可存活两天。这两位都是生物系的博士候选人，整天跟猴子和白老鼠打交道，经常是饭吃到一半就为猴子会不会算数的问题争得面红耳赤，想不到小聪明都用这儿了。我曾明确警告过他们，龙虾不能卖。理由很简单，这是老史让我吃的，是我俩分享生命的一种方式。就算有一天吃顶了吃腻了，可以从此不碰，但背地里赚这个钱是对老史的极大不尊重，是对善意的亵渎，让人无法容忍。可此时此刻，望着他们歉疚怯懦的面容，我别无选择。我说，是我卖的，龙虾死了我可以换给他。

不不，没那么简单！印度裔嘴角泛起一丝快意，接着严厉起来。他用联大代表般的官腔对我说，贩卖死龙虾危害同学健康，利用校产牟利严重违反校规，这种事前所未有，此例不可开，我必须上报教务处，他们怎么处理是他们的事，你直接跟教务处联系吧。我瞥他一眼，你怎么知道龙虾死了？这明明是死的呀。纯粹胡说八道！说着我重重撞上门，我最讨厌小人得志的样子。

令我万没想到的是，几天后我突然收到由教务长马克签署的一封信，说鉴于我私贩禁售海鲜危害同学健康，严重违反了校规及纽约州相关法律，已失去一名博士候选人的资格，秋季开学将不允许我继续注册。换句话说，把我除名了。读完信我哇的一声大叫瘫在床上，我根本不能相信这是真的，因为我无法承受。离开学不到一个月，即使重新申请学校也来不及。我持有的学生签证要求学生身份必须连续，一天不能中断。如果下学期不能注册，我失去的何止是博士候选人资格，还有合法身份。也就是说，离开这里，要么空手回国，要么投入到几百万地下黑工的队伍中去，这对于一个马上就要获得博士学位，即将走向职业生涯的我来说，恍若世界末日。我想到老史与海，刹那间仿佛看到那个亮黄色雨衣下的面容不是老史而是自己，手持长枪对天砰地发射，嘎嘎的响声在蓝天回荡。可紧接着又马上否定了这个念头，我该如何向老史解释，我认识海，海认识我吗？

6

第二天登船我的情绪很不稳定，既有对命运前途的绝望与不甘，也有对老史和海的深深眷恋。我能听见心灵深处的恐惧怦然作响，敲打着我颤抖的躯干。我想不好如何向老史解释，只能拼命干活，让自己在动作中忘却现实。起笼子时我借机像野狼般大声嚎叫，再把叫声结尾在一些乱七八糟的歌曲中。还会把喂海鸥的碎龙虾尽情向天空抛撒，惹得鸟儿兴奋得像狗一样狂吠。

老史依旧喝酒抽烟，望着远方无言。海面宽阔无垠，今天的浪头并不大。橙黄色的海菊花，在海水冷冽的深蓝中格外醒目，船来了散开，船走了又匆匆聚成一片。生命真是无处不在，只不过各有各的活法儿罢了。就在返航之际，当我刚要跨入驾驶舱，老史冷不丁冒出一句："发生什么了！"这声音严厉而短促，让我的心骤然收紧。他问话时仍面向大海，身体似雕塑一动不动。我忍住悲怆，"没什么"，唯恐多说一字泪水会喷涌出来，遇上这种倒霉事是命中注定，就算上帝也救不了我。没想到老史忽地一跃而起，一把掐住我脖子，把我的身体顶在驾驶舱门框上，酒气逼人覆盖着我的面额，令人窒息。彼得，告诉我实话，我受不了你这副痛苦的样子。他话音刚落，我的眼泪哗地淌成一片。

我，被学校除名了。

为什么？操他娘的。

我断续向老史哭述我的遭遇，并为卖龙虾的事向他深表歉意。老史用手重重拍打我的肩膀，彼得，我的孩子，没想到龙虾给你添了麻烦。你没做错什么，龙虾是你的当然可以随便处理，其实老子就是让你连吃带卖的。我侧过头，泪水流淌得更加猛烈。我深觉大局已定，教务长马克的专横举校闻名，此刻老史的宽容只能让我的委屈加倍沉重。彼得，你真卖死龙虾了？没死，我敢保证那龙虾还活着。可龙虾真能在二至五摄氏度存活两天吗？老史认真起来。真的，起码两天。刚从冰箱拿出来它们不动，用凉水一浇就活过来。老史的眼神哗地明亮了，甚至开始映出星点。他话锋一转，操，那你小子怎么不早说，否则咱能卖个好价钱！我一下愣了，现在说也不晚呀，我宿舍有两只大冰箱，离开前把它们给你送去，你试试看。哈哈哈哈，离开，要离开也轮不到你。大笑中老史的面颊赤红起来，他猛灌一口酒，听着彼得，你哪儿都别去，好好读你的雪莱，你若连自己的公道都不敢讨，还怎么指望你替雪莱讨公道，莫非你裤裆里是空的吗？可是……可是个屁！明天咱不出海了，我带你去找马克说道说道，还反了他。说着老史一把抄起长枪，做了个射击的架势。我大吃一惊。

  不行老史，杀也得我来杀，不能让你……

  谁说我要杀他了，谁说我要杀他了？明天上午十点，彼得，咱教务处门口见。

  可你，知道教务处在哪儿吗？

  哈哈哈哈，彼得嫩鸡，明天等我，谢谢你。

  谢我？分明是老史要帮我，应该谢他才对怎么谢我？这老史最近真是越发古怪了。自事发后我一直苦思良策，无论如何不能就此罢休，让这些年的寒窗苦读土崩瓦解。失去的难找回，就当被海浪冲走，找麦克阿瑟的酒壶去了。但云峦奔走潮涨潮落，明天太阳还会升起，必须向前走下去。我想到那些杂牌儿学校，交学费就录取，随交随取，不妨先找一家暂避风雨保持合法学生身份，争取时间再申请其他名校。据同宿舍的上海人说，纽约上州罗切斯特郡有所学校学费便宜手续简便，当时他差点儿去那儿就读。那天晚上他和北京人特意凑足两千美元，作为我第一个学期的学费。两千块，这对当年的留学生来说很多钱了。我说你们把钱收起来吧，情我领了。明天上午老史要带我去教务处理论，估计就半小时一小时的事儿，等我回来，帮我一起把那辆破诺亚拾掇拾掇，查查胎压，换换机油和刹车片，罗切斯特这趟不近，别再半道儿抛锚。

第二天上午不到十点我就在教务处等老史。我没站在正门口儿，而是躲在旁边一处走廊里，透过玻璃窗可看到门前人来人往。我看到马克提着公文包气宇轩昂的身影，他几乎迎面走来，只不过他看不见我，我却看得见他。教务长这个头衔的英文发音是"定"，马克的姿态一副笃定的样子，就连跟别人打招呼都从不张嘴，只是微微颔首示意。当他从我的眼前走过时，我突然有种怪异的感觉漫上心头，这面孔像谁呀，好像很熟可一下想不起来，我在校园里经常看到马克，从没有今天这种感觉，像谁呢？

狐疑之际，只见老史咣地涌入视线。他与马克相距大约五十米，我甚至怀疑他是否看到马克走进办公楼。老史今天看去与平日不同，代替亮黄色雨衣的是一件格子衬衫，下面还是宽大的裤子，脚上的长靴换成一双白色运动鞋，完全脱离他的风格。咦，那只酒壶呢，上衣口袋的酒壶呢？离开酒壶和海洋，他就彻底找不着北，现在一看全清楚了，他是海的一部分，根本不属于这个凡世。老史停下脚步看了看表，接着大喊，彼得，彼得，我在这儿，你在哪儿呢？我连忙蹿出来跑到他面前，生怕他再喊下去。老史一把攥住我的手二话不说朝办公楼就走。快到入口时我拉住他，老史，真的要这么做吗？我行李都打好了，明天就走，你真不必这么做。老史忽的揪住我脖领子，彼得嫩鸡，这一切都因龙虾而起，你难道想羞辱我吗？走！他扭过头，把我的手攥得更紧。我突然发现，马克的面孔像的不是别人正是老史，尤其侧面，几乎一样。

女秘书试图阻拦老史，没成功，却把我挡在马克办公室门外，她用提防的目光打量我，既没招呼也未让我离开。马克办公室有扇磨砂玻璃墙，我看到两个站立的人影，高的是马克，矮的是老史，皮影戏似的晃动。矮个儿频频向高个儿挺进，一度将其逼到墙边，马克后背靠在玻璃上，衬衣的纹路时隐时现。他们的嗓音忽远忽近，当靠近玻璃墙时突然变得清晰可辨，以至于那位女秘书坐立不安地望着我，做出莫名其妙的尴尬表情。

这不是抓龙虾，我是教务长，怎能随便收回成命。

你这话说得太晚了，我就靠抓龙虾把你养大。

不行，绝对不行！

可你弄错了人，我再说一遍，龙虾是我老史的，他只是送货。

是这样吗？鬼才信你。

听着，你可以看不起我这个大哥，但你不能这样对我说话！

对不起，我没那个意思。既然如此，那好，仅此一回下不为例。

下回？不会……有下回了。

室内突然静下来，两个影子都没动。过了几秒钟，矮个儿走近高个儿，很近很近，他的声音有些颤抖，我要感谢彼得，否则真不知如何向你道别，我们多年不来往，但你毕竟是我带大的呀，马克，我的时间到了，你保重。话音乍落，只见老史咣地撞开门，头也不回走出去。他双目湿润，脸涨得通红。马克追出来一半，"你什么意思老史，老史……"我怔了一下冲出办公楼，老史已走远了。

7

每年八月中下旬是飓风肆虐的时刻。这时的海洋，骚动不安热血澎湃，似乎急不可待渴望某个重大庆典的来临。在加勒比海和墨西哥湾上空形成的热带风暴，挟云裹雾以两百公里的时速，伴着大量雨水，与其说哭嚎不如说亢奋，如期而至。此刻的世界根本分不出海天的区别，海水长天完全浑然一体，浪在向上翻云则往下卷，泪水汗水连同巨大的呼吸与咆哮，把世间一切来他个扫蹚腿。人们爱说天人合一，格局太小了，一听就是陆地语言，在海上生活过的人绝不会说这种话，能够与天合一的唯有海洋，天只有与海狂欢才能高潮迭起淋漓尽致。老史称这种景象为海天在做爱。有一次返航正赶上暴风雨，船体在浪尖上圆舞曲似的跳动，尾部的海志旗呼洌洌发出惊恐的颤抖声。我拉紧扶栏一动不动，心底一片空白。可老史却跳到船头，脱下亮黄色雨衣狠命一抛，双臂伸向天空大喊起来，"做吧，做吧，做你该死的爱吧！"雨水迅速裹挟了他，赤裸的上身湿漉漉闪着白光。就在浪花把船头掷向空中的一刻，老史的身影笔直地刺向激悦的云层，分明就像大海挺起的阳具一样。那真是个惊险的时刻，我被震撼得灵魂出窍目瞪口呆。现在，飓风真的来了，这是海天一年一度的浪漫时节，说到底也是大自然的浪漫时节。中国牛郎织女的故事发生在每年七夕，恰恰是公历的八月中下旬。在同一时间段里，东方在银河中陷溺，西方在海洋上交媾，东方想上天，西方欲下海，这是何等奇妙的巧合啊。

这天深夜突接老史电话，急促的铃声诱发我的心脏咚咚作响，他饱满沙哑的嗓音让我确信他整夜未眠。"彼得，明天准时出海。"明天？你没弄错吧，没见外面还在刮风下雨，你不是说这种天气龙虾不会出来觅食吗？再说左发动机刚刚保养完，浪这么大你就不怕，说到这儿我觉得不对，原来老史早把电话挂了。这个老史，真是越来越怪！加勒比海上空的飓风每每试图北上另寻新欢，但经不住南方海域老情人的死缠活泡，一泻千里元气大伤，到长岛湾时早变成高压云团，力不从心了。即便如此，对于我们这只龙虾船来说，足以惊魂动魄。按说这种天气是不出海的，联想起老史几天来的举动，我的心骤然收紧忐忑不安。

停船已经两天，就在两天前出海时，我正给龙虾装箱，老史把我叫过去，彼得你过来，想看看麦克阿瑟的酒壶如何掉进海里的吗？我没明白他的意思，那只酒壶不是早就没有了吗？老史握住我的手，用另只手从上衣口袋取出那只他平时用的酒壶。我一惊，这酒壶是他的命，难道真要扔到海里？没容我想完，老史轻轻一挥，酒壶银光一闪掉进海里，开始的瞬间在海面上停顿一下，像眷恋又像诀别，接着咕嘟冒个泡，影子随水波激烈抖动像个欢悦的舞者，烟消云散了，仿佛从未存在过一样。老史兴奋得大叫，快看哪彼得，一模一样，麦克阿瑟的酒壶就是从这儿掉下去的，看见没有？我吃惊地望着他哑口无言，仍不确定到底发生了什么。老史哈哈大笑，彼得嫩鸡，有什么好奇怪的，今天的风向温度都很像当年情景，只有今天扔才最像，懂吗？

记得那天返航时，海岸线已依稀可辨，海鸥在船尾追逐喧闹，惹得海面轻曼起舞。老史递过一只威士忌酒瓶，来吧彼得，喝一口，听听这是什么：

> 那时刻永远逝去了，孩子
> 它已沉没，僵涸，永不回头
> 我们望着往昔
> 不禁感到惊悸

汪洋中的龙虾船

> 希望的阴魂正凄苍、悲泣
> 是你和我，把它哄骗致死
> 在生之幽暗的河流

嗨，你考不住我，这是雪莱的《那时刻永远逝去了，孩子》，下边是，

> 我们望着的那川流已经
> 滚滚而去，从此不再折回
> 但我们却立于
> 一片荒凉的境地
> 像是墓碑在标志已死的
> 希望和恐惧：呵，生之黎明
> 已使它们飞逝、隐退

哈哈，彼得嫩鸡，你不是个好鸟。那你说，雪莱怎么死的？

还用说，他乘坐的"唐璜"号从莱杭渡海返回勒瑞奇途中遇风暴船沉而亡，这早有定论。

遇到风暴不假，但雪莱是自己跳下去的。

你是说自杀，不，他不是自己跳下去的！

不是？"唐璜"号并未沉没，后来被渔民找到了，船还在他怎能堕海而亡，我宁愿他是自己跳下去的！

老史的话噎住我，他说这话时眼里闪着奇异的光彩。我没反驳，因为民间确实有此说法，虽然这无法作为雪莱自杀的证据，即便船还在人为何不能堕海？但我望着老史的面孔突然警觉，这还重要吗？

老史，就是那天离去的。

第二天凌晨按老史所说，我准时赶到码头。风雨中，长长的栈桥闪着凛冽的微光伸向漆黑的远方。所有船只尚在酣睡，锚缆随风发出梦呓般的嘤咛。唯有老史的龙虾船灯火通明，轰轰轰早已升火起锚了。他并未穿那件平日的短式亮黄色雨衣，取而代之是件长款亮黄色雨衣，直达脚面。衣服看去较大，穿在身上似有晃动感。我刚跳上甲板尚未站稳，船已离岸了。

风雨中的海面一片幽暗，雨水敲击着驾驶舱顶棚，咏叹般发出时缓时急的喧嚣。船体随波浪起伏跌宕，穿透一道道激情澎湃的水障，让人产生仿佛从海底冒出来的魔幻感。我心里并无恐惧，却奇怪地注满四面楚歌轻死易发的骚动，我能觉出，这很可能是一次极不平常的航行。我和老史对着酒瓶狂饮，借酒撒疯唱乱七八糟的歌曲，老史立刻觉出我激荡的情绪，搂住我的肩膀热泪盈眶。他大叫着，彼得，打开雷达，注意观察平衡度，不要减速，这时减速很危险，速度不够一个浪头就翻，保持航向千万别偏离航道，这鬼地方看着挺深其实处处沙礁，对，你做得很棒，就这么干！

快到了。

你说什么？

我说快到锚地了。

去他妈的锚地，继续向前开！

是，我的船长。

天色开始泛白，尽管乌云低垂风雨未歇，远方还是露出一抹光亮将云层撕破。海面似乎平静了些，四周空旷悠远，什么也看不见，只有这条白色的船，镶嵌在深蓝的海洋上。"彼得，就在这儿吧。"老史扭过头望着我，接着一把将我紧紧抱住。他的泪水流淌在我脸上，我的泪水滚落在他手臂上，彼此无言。我突然觉出，老史好像没穿内衣，难怪雨衣显得旷旷荡荡。老史看出我的疑问，哗地解开拉链，赤裸的身体全部呈现在我面前。看见了吗？我顿时发现，他的双腿肿得像大象一样，黑紫色的皮肤闪着水晶般的光泽，仿佛稍微一碰就会迸裂。难怪他一直穿宽大的裤子，原来如此呀。我马上想到中国民间的一种说法，男怕穿靴女怕戴帽，我不解其中真谛，正因为不懂才尤为惊撼。"医生说，我的肝肾还有心脏都他妈坏了。"老史的声音低沉沙哑，让我想起第一次与他谋面的情景，一切恍如昨日，就在眼前晃动。"你再看看这个。"说着老史用手扶起他的阳具，那东西很长，却软软的像条昏睡的蛇毫无生气。彼得，关键，关键是这家伙也不灵了。几天前我和安妮做，她所有招数都用尽了可这小子就不动，妈的，从来没有过这种事。喂，彼得，对不起我只是好奇，能让我看看你的家伙吗？

我一愣，因为我从未向同性亮过私部，可紧接着一股强烈共鸣从心底怦然而生，干吗不呢！让他看的何止是那家伙，我索性稀里哗啦从上到下脱个干净利落，与老史赤裸相见。老史的眼里洋溢出流彩，整张脸在黎明中绽放着。"彼得，我说什么来着，你小子不是好鸟。"我学着老史的模样，把阳具反过来掉过去地看，突然意识到，虽然这家伙天天跟着我，我竟从未如此完整地注意它。老史也看得十分仔细，还会弯腰看我下面的睾丸。让我意想不到羞怯难当的是，也许因摩擦作用，这家伙不知不觉居然膨胀起来，当着我和老史的面冉冉升起，顶部变得鲜红明亮泛起青光。我下意识连忙用手去压，老史大吼一声，别压，千万别伤着它。你的家伙长得不错，但一看就知道用得不多，你得多用啊。屌这东西只有你对得起它，它才对得起你，它跟胳膊和腿完全不同，屌是独立的生命，你忠实于它，它就做你的好朋友，你欺骗它，它就恨你，不为你干事，明白吗？我似懂非懂地点点头，觉得有风从头到脚地穿过。

突然，空气静下来，四周静谧无声，我和老史相视无言就这么沉默着。老史缓缓穿上雨衣，我也穿上衣服，我想走近他，被他一个手势阻止住。老史渐渐向船尾走去。"老史！"我大叫起来。他转过身，彼得，一切都很自然，我什么都不能做了，生命已毫无意义，可我根本不属于陆地，这儿才是我的家，我必须永远留在海洋。老史扬头对我悠远地一笑，

　　彼得，不要找我。

说完他纵身一跃，一抹亮黄在深蓝色背景上似火苗一闪，消失了。

有一点前边忘记交代，在老史泊船的码头旁有座山坡，顶部有个不大的池塘，据说水源来自底下的几眼泉水，早期的欧洲移民曾在这里修建了水车和一座磨坊，现在早成了野鸭天鹅，还有孩子们的天堂。池塘边有爿小小的咖啡店，取名"沙溪"，由一对老夫妇经营着。有趣的是，他们的拿手好戏并非咖啡，而是一款叫"海之梦"的冰激凌，蓝色的冰沙上镶一朵亮黄色奶油，美丽得令人不忍下咽。我后来经常带孩子们来此消磨周末，他们像小狗一样嗷嗷地疯跑，一边吃冰激凌一边喂池塘里的野鸭。那天他们好奇地问我，爸爸，你怎么老坐在这儿不动？爸爸在看海呀。真没劲，海有什么好看的？海，我欲言又止，只是静静望着他们，直到热泪盈眶。

2008年10月18日　写于纽约随波斋

同居时代

看到有些人结婚前犹豫不决的样子，就恨不能在他们屁股上猛踹一脚，把他们踹成已婚。有什么好琢磨的，又不是拉去枪毙。你们不都号称一见钟情吗，要么就恋爱了八百多年，偏等这临门一脚却举棋不定。知道这叫什么？结婚不举症，该硬时硬不起来。其实有什么呀，早知结婚没什么不好，我当年就不必奉子成婚了。顺便跟所有准新娘们说句悄悄话，男人没一个甘愿结婚的，瞧见马驹子了吗？没一匹愿意套辕拉车，都是被逼上去的。别为男人的犹豫不定伤心欲绝，有这工夫还不如把枕头往裤裆里一塞，就告他老娘我怀孕了，你的种儿，看着办吧！我老婆就用这手儿把我搞定，说起来都脸红。

1

我从哥伦比亚大学法学院毕业后，考下纽约州和新泽西州的律师执照，进入麦克李文律师事务所开始我的职业生涯。麦克李文是纽约市最有名的律师事务所之一，李文是犹太人的重要姓氏，其律师生涯恨不能追溯到摩西出埃及时代。我是刚毕业的小律师，人家拿我就当苦力使，每天处理不完的文字稿件，弄不好周末还要加班，而且没加班费。这是消极的一面。但对那个时期的我来说积极乐观的一面更为重要。我单身汉不到三十岁，浑身使不完的劲儿，像头有律师执照的活牲口，再疲再累，喝上一小杯再死死睡一觉就又是条好汉。加班多学的东西也多，早一天破茧而出独立门户的日子就更快。无论老中老美，每个律师都这么走过来，有什么好抱怨的。

你是担心没空泡妞儿是吧？这还用愁。什么叫年轻，什么能挡住荷尔蒙的伟大力量。古诗怎么说来着，"尔曹身与名俱灭，不废江河万古流"，能万古流的除荷尔蒙还有什么？一切物质和精神文明，始于斯归于斯，离开这个领导我们生命的核心力量，人类社会就得坍塌你信吗？还有个大文豪，好像鲁迅，或许巴金，也可能托尔斯泰也说过，"时间是海绵里的水，只要挤总是有的"。可我试过，海绵也有挤不出水的时候，但泡妞儿则永远有时间。这话该这么说，看来大文豪也就那么回事儿，"时间就像泡妞儿，只要泡总是有的"。这比海绵更准确。我常去位于曼哈顿九大道和五十九街把角处的"密亭"酒吧消磨时光，我喜欢那里的鸡尾酒"旧金山彩虹"，用伏特加和杜松子酒调成，配上软饮料，玲珑剔透口感极佳。最主要的是，那里的女孩儿比较文静对我胃口，不像其他地方，野起来敢当场扒开乳罩让你看。我喜欢性，但我需要些含蓄，我不愿被人当成摩尔根种马或苏格兰种牛。

渐渐我和这里的人们熟悉起来，尤其女性，比我年轻的，也有比我大的。我们聊归聊闹归闹，甚至上床归上床，大家彼此心照不宣，只为寻求快乐和刺激，别无他图，谁也甭把简单的事情复杂化。什么叫复杂化？就是第二天早上分手时话太多，这个吧那个吧，上次吧下次吧，累不累呀你？下次说下次，谁知道有没有下次啊，有也是下个第一次，另码事。自信点儿风度点儿，说声再见不就齐了。

可那次跟赛梦小姐跳舞有些异样。她是这里为数不多的几位少数族裔女性之一，长得很像过去一位叫雪儿的歌星，脸上既有欧美人的壮丽，又有亚洲种的含蓄温柔。她的皮肤被晒得略呈古铜色，又细又亮像月光下的绸子，看着就想摸，试试那种滑溜溜的感觉。还有她蓬勃的曲线，哗地下去了，哗又起来了，时间地点掌握得恰到好处。最出色的是那对乳房，健壮得令人昏眩，圆润挺拔喷薄着不可救药的生命呼唤，逼我陷入遐想：川西平原的肥沃田野，百慕大群岛滴翠的芭蕉叶，还有美国南达科塔州的土豆田，生长生长生长，撒下种子就收获，吐口唾沫就怀孕。什么叫美？美是生生不息，丰收的土地是美，不息的涌泉是美，具有旺盛生命力的女人是美，这是男女关系的全部秘密所在，这么想永远不得阳痿。

不过一开始我并没顾上赛梦。刚当上律师，都说三十而立，我不到三十就立起来了。少年得志的人难免虚荣，总觉得泡金发碧眼的白妞儿才算本事，领出去才像回事儿。那天我带莫妮卡·斯诺小姐去林肯中心看威尔第的歌剧《弄臣》，她白净高挑，一身黑色长裙挽着我，令我心花怒放。我对她说，这部歌剧主要听它的合唱部分，很有特色。她噼里啪啦点着头，被我侃得晕头转向。还记得美国作家埃德加·斯诺吗？就是《西行漫记》的作者，是他首次向世界介绍了历经长征的中国共产党人，毛泽东、朱德、彭德怀等。埃德加·斯诺正是莫尼卡·斯诺小姐的亲叔爷，莫妮卡或许继承了祖上接近中国人的特点，我们在"密亭"酒吧一相识就打得火热。她拿起我的名片，哦，你叫王彼得，我以前男朋友也叫彼得。我问她去过中国吗？她说没有。我带你去吧，沿着你叔爷的路走一趟怎样？她兴奋地抱住我一阵大叫。其实我怎么知道她叔爷走哪条路？忽悠呗，就像她叔爷当年忽悠咱们老祖宗一样。

莫妮卡和我拥抱时我觉出赛梦在看我。她看我不是一天两天了，我说话时她总会从远处投来关注的目光。别说我自作多情，人这个东西很怪，看事物时是两只眼，看异性时浑身都是眼，我估计这是人类在自然退化中硕果仅存的本能，这种本能是形而上的，不靠直观只凭感觉。甭管赛梦坐在何处我都能感到她的神情，像月光像泉水像巴哈马海滩深情的潮汐，将我冉冉浮起。那天喝多了，的确多了。莫妮卡非说中国女人现在仍裹小脚，被我臭骂一顿。"可惜了你是埃德加·斯诺的后人，对得起你祖宗吗？"气得她直翻白眼儿，转身走了。走就走，我借着七分酒性又叫了两杯"旧金山彩虹"朝赛梦小姐走去。她见我摇摇晃晃逼近，有些猝不及防，我看是装的，女人都会这手儿，事后告诉你她真没想到。废话，你不用眼神勾我我会过来吗？没想到，没想到个屁。我把酒杯递过去说，请你喝杯酒，不成敬意。

　　彼得，你醉了。
　　你怎么知道我叫彼得？你叫什么？
　　赛梦。
　　那你做什么？
　　西奈山医院的注册护士。

　　我和赛梦徐徐起舞，灯光和音乐舒适柔软，温泉般从我身上抚过。我的感觉的确和与其他女人跳舞不同。跟她们跳舞我是大人是坏人，带一群女孩儿总想搞恶作剧。可跟赛梦跳舞，我是孩子是好人，只想躺下休息被人呵护，让她用手一遍遍掠过我的头发和脸庞。我肯定是醉了，身体软软的。我感到自己被赛梦强大的乳房托举着前行，我像她怀中吸吮的婴儿，彻底陷溺下去。趁着还没失去知觉，我轻声对她说，送我回家，我要你送我回家。按说应该是男人送女人回家，还得在心照不宣的情况下。而我让赛梦送我回家，脱口而出想都没想，我说的是实话，是当时的真实感觉。醉酒的人不光可笑可鄙，也很脆弱纯真，惹人爱怜。

密亭酒吧

那一夜似"旧金山彩虹",色彩斑斓,周边的幽暗如童话般轻柔。赛梦轻轻的呻吟,比莫妮卡的花腔女高音更真实可信。我觉得那才是酣畅淋漓的性,是实至名归的专业行为,而绝非彼此占有的业余玩儿票。我甚至忘记采用避孕措施,赛梦也没提,她怎么不提呢?这与莫妮卡太不一样。后者无论多疯狂,关键时刻永不糊涂。智慧往往是世俗的同义语,令人生厌。不过第二天早上,面对惺忪的赛梦,我突然担忧起来。

你没事吧?
没事。
去买些事后处理的药,这是五百元,拿着吧。

送走赛梦关上门,觉得一阵轻松。门是一堵墙,让昨夜今晨两不相见。五百元不算少,事后避孕药哪值这么多钱。这正好可以加重语气,一百元就是一个惊叹号,五百元是五个,啪啪啪啪啪,让她明白我们之间不过如此,切莫当真。给钱接钱等于签个合同,你的事你负责我的我负责,两不相欠。我匆匆整理一下正准备出门,电话突然响起,是赛梦。忘东西了吗,小宝贝?没有,我把五百块钱放在你门口儿的垫子下面,别丢了。什么?哈喽,哈喽。我赶忙出门寻找,垫子下果然发现五百块钱,正是我刚才给她的。这个赛梦,这个倔妞儿,你到底什么意思啊。我反正该表示的都表示了,要不要是你的事儿,跟我无关。

2

接下来的日子一直繁忙。几个反垄断抗辩案子压在手上,令人心烦意乱。主管律师总是把卷宗往我桌上一推,嘿,彼得,文字验证一下，再把附件准备好，我下周三要。哼，你说得轻巧，这些公司并购案，反垄断抗辩案，变着法儿钻法律空子，全凭文字上做手脚，特别是那些附件，鬼把戏都在附件里，弄得越复杂越多越好，有些附件堆起来像桌子那么高，就为让你看不懂。今天是周五，周末看来又报销了，这都连着多少周了，净让老子周末加班，缺不缺德啊。

我不能不想到"密亭"酒吧的女士们，女士优先，想念当然也应优先想到她们。好久未见莫妮卡和赛梦她们了。昨天莫妮卡还来电话，说她认为中国女人仍裹足是因为看了英文版中国小说《三寸金莲》，那篇小说被作为中国当代文学作品介绍，她就以为是现在的事。跟我吵架后她又读了几遍，才知道是说旧中国。不过莫妮卡忿忿然地说，这英文翻得也太烂了，根本不知说什么。我得学中文，自己翻译中文小说。彼得你教我好吗，现在就开始，上次你说"王八蛋"到底什么意思，是说我很幽默吗？是是，我赶紧回答。说完忙补充，别到外面说去，这是老词儿，现在中国人不用了，弄不好闹误会的。接着我赶紧把话题岔开，你们都好吗？玛丽和安娜怎样，赛梦呢？赛梦，她好久没到"密亭"来了，莫妮卡说。

这天下班已十点了，我坐在昏暗的计程车里拨通了赛梦的电话。本想打给莫妮卡，最后一秒钟，莫名其妙变了主意。赛梦已睡下，她说明天要上早班，必须早起。我顿感歉疚，扰人清梦非常不礼貌。没想到她却说，你过来吧。我既羞怯又兴奋，感到自己很自私下流，这真不赖我，暗无天日地加班谁受得了啊，绅士加成土匪，土匪加成野狼了。我像野狼一样钻进赛梦的被窝儿，把欲望像崩溃的洪水铺天盖地朝她砸去。她软软地承受，发出轻轻的呻吟，那声音宛如动情的小提琴，为起舞的月光吟唱。然而，就在我的手无意间压向她的肚子时，她断然阻止了我。"别压我肚子!"怎么了，我诧异，不就碰了一下，至于大惊小怪吗？赛梦的语气缓和下来，彼得，亲爱的，碰哪儿都行，别压我肚子。为什么，莫非有孩子不成？赛梦一屁股坐起来，丰满的乳房从我眼前刷地掠过，她侧身凝视着我清晰地说：

> 你说的没错，有孩子，王彼得的孩子，你的孩子。
>
> 你，你你，你说什么？
>
> 我说是你的孩子。
>
> 我的孩子，我怎么会有孩子？
>
> 彼得，放松点儿，这是我自己的事儿，没想让你……
>
> 不，不是我的，你骗人你骗人！

我顿时蒙了，砰地跳起来。此刻我什么也听不见。赛梦的嘴不停向我嚅动，她脸上的泪水滚烫得几乎冒起蒸气，可我什么也不想听不想看。我觉得呼吸只出不进卡在中间，浑身麻木得开始僵硬。我拼命回忆和赛梦的几次密切接触和每次接触时的矛盾心态，走向她时充满欲望，像奔赴一次生命的庆典，离开时又有些像逃亡。有一回我急着要走，连她给我冲好的咖啡都顾不上喝。赛梦说，喝完咖啡误不了你。语气既亲昵又凄凉。如果出问题，恐怕第一次邂逅就已种下祸秧，是怎么来着？跳舞，我用胳膊压她的乳房她没吭声，我用手摸她也没吭声，只是把头扭开不看我。后来我们一起回家，她没像莫妮卡那样找我要保险套，我们很安静也很尽兴。最后我给了她五百块钱，对对，关键就在这儿，她答应了也接了，虽说后来退还我，可当时她接了。接了接了接了，接了就是一个许诺一个合同，说明我们两清了，对，两清了。"你答应我去处理，你答应过我，这不干我的事儿。"我对赛梦叫喊着，像惊弓之鸟把衣服往身上一糊冲出门外。我拼命对自己说，这不是真的，跟我毫无关系，就算赛梦肚子里真有孩子，那孩子一定不是我王彼得的。

后来我才知道，如果说男人的荒唐殿堂是从丢失处男开始，那它也会在有孩子当父亲的瞬间濒临坍塌。什么，男人也在乎处男？听我说，男人对处男的在乎跟女人对处女的在乎不同，他没有那些乱七八糟的社会思考，品行啊身价啊，而更多的是成长的自然震撼，是对异性征服和占有后的仰天长啸。男孩儿到男人的转变只需一句话，"那谁没见过呀！"说完就长大了。然而在殿堂崩塌之际，像任何王国的末日一样，落日余晖满载着暗淡的宁静。逃离赛梦后的日子是无声的，我说不出话，因为什么也不想说，任凭时光的风在我生命的船帆上吹来荡去。我和世界之间架起一道灰蒙蒙的围墙，透过围墙看什么都显得乏味且沉重。我无法将自己从朝圣般的冥想中解脱出来，我想到赛梦，她的肚子、皮肤、毛孔，透过毛孔进入身体，我的目光像一艘核潜艇在她的腹内巡航，绕过层层暗礁寻找我的终极目标。啊，在这里，在这个被称为子宫的梨形海床里，那个浑身通红的形体，怦怦的心跳让我魂惊肉颤。你是谁，你认识我吗？回答我，你必须立即回答我。只有心跳，生命在于心跳，这心跳声让我丢盔卸甲从头崩溃到尾。日子看来没法过了，一想到我王彼得将有个孩子而不是玩具熊，不装电池也能哭叫，还能喷泉似的撒真尿，整个世界轰地变成块巨大混凝土，完全不可思议。我终于忍无可忍，那天匆匆买了张五千元的现金本票，我怕开私人支票没人取，哗的一声给赛梦寄过去。我在附带的便条上写道：赛梦小姐，作为朋友，尽管无意过问您的私生活，但我仍支持您更改保留孩子的决定。奉上一份关注，敬请收纳。王彼得。

钱寄出后没回音，既没被退回也没赛梦的电话。日子一晃三个月，就像石沉大海，仿佛我从未寄过什么，要么我寄的压根儿不是钱，而是一声叹息，尚未到达赛梦的耳朵就随风挥散了。我试想过各种可能，没收到，被邮递员遗失在路上。或收到了，但并未存入银行。还有一种，就是收到了也存入了，一切到此为止。这是我希望也是难以相信的。钱是一种权利，再没比市场关系更简单的社会关系了，交钱走人，明火执仗理所当然。可当金钱面对一种生物关系时，它则完全丧失了原有的魔力。人类用理性与规则建立的社会不过是一层虚张声势的鸡蛋壳，它既无法代替也不能更改人与人之间最终的生物联系。再多的钱能把赛梦肚子里那家伙变成姓张姓李，或史密斯安德烈吗？这种联系是第六感的，看不见摸不着，却真真实实存在着，影响着你的精神和心情。其实心底下我早坚信赛梦怀的就是我的种，那天一炮射出去我就有种奇妙感觉，觉得这女人从此是我妈了，我可以对她说任何话做任何事，她都会跟着我护着我，这是我对所有上过床的女人从未有过的。男人啊，实话跟你说吧，他们对女人的最本质认同是母恋认同。什么共同语言门当户对，都他妈狗屁，没有母亲的感觉你就永远别想走进男人的心脏。女人本质的本质是母亲，对儿女是，对丈夫同样是，女人只有展现出浩瀚无边的强大母性才能搞定男人从而最终搞定世界。我对赛梦迄今为止的全部动作，说穿了不过是孩子的撒娇任性发脾气而已，我就想告诉她，我还没玩够呢，不想现在就像被套牢的股票一样拴在你身上，你休想强迫我要挟我，你必须给我改回原来的样子，必须。

这天干活干到一半，我突然来了股蛮劲儿，抓起电话就找赛梦，这是我三个来月第一次跟她联系。不能再这么渗着，她得说明白，她的肚皮到底是牛市还是熊市，是崩盘还是继续攀升，五千块钱是否已专款专用，都必须给个说法。电话那边的赛梦听上去很平静，稳稳的，一点儿不随我焦躁的嗓音起舞。她说钱收到了，存了定期，半年后可取。我是让你用的，不是让你存的！她却说她从无花别人钱的习惯，还说她正在上班，不能再聊了。算了吧你，我故意试探着说，挺个大肚子上什么班，是你护理别人还是别人护理你。没想到赛梦竟笑着说：

这算什么，人家下午生孩子上午还在上班呢。

你说什么，这么说你非要生下这个小兔崽子喽？不行，我绝不答应。你不是说我是孩子的爹吗，那我说了算，你赶紧给我处理了。

彼得，别再给我打电话了，这事与你无关。

有关，你不处理我天天打。

那你会找不到我的，彼得。

找不到最好，永远找不到才好。

说完这句我心一阵虚，空得像路基塌陷。我连忙哈喽哈喽地狂叫，可电话那边一片寂静，接着嘎哒一声断了。我咣地把电话扣回原处，巨大震动让恰巧走进来的主管律师吓一跳。"你没事儿吧彼得？这是微硬公司和阳软公司的和解案，你赶紧查证一下。"说完他把卷宗往我办公桌上一放，转身走了。我一把推开卷宗，怎么烦心的事儿都搅到一块儿！有什么好查的，微硬先偷人家阳软的视窗技术，取得市场占有率后再寻求和解，诉讼过程怎么也得三五年，钱早赚够了，赔几个零头儿堵人家嘴，要么干脆兼并人家，微硬公司就这么发展起来的。它的文字处理系统是偷当年的"文字之光"，它的制表系统是偷"菊花三二一"，我们律师事务所的大老板麦克李文多年来始终站在微硬公司一边，为其赢得一场又一场知识产权或公司兼并官司。这个案子跑不掉又是老一套，查不查还不那么回事儿。

3

然而情况不妙，在这划时代的重要历史时刻，我发现了一件相当于当年原子弹轰炸广岛的重大事件：老二硬不起来了。开始我未察觉，因为这几个月我把自己天天关在办公室里，除了工作一切我都没兴趣。就说微硬公司这个案子，我在办公室两天一夜没合眼。平时这样的案子起码都给我几周时间，可这次只给我一周。后来才知道，原先这案子是让大老板的儿子小麦克李文做的。做完他老爹一审阅，气得拍桌子瞪眼就差把房子烧了，他宝贝儿子竟粗心到连一些基本条件状语，像"如果""基于"等都遗漏了。别小看这些词汇，打起官司没准儿让你翻船。结果害得我整个周末加班加点日夜兼程，为小麦克李文打扫战场。主管律师那天跟我一起吃午饭时说，大老板这回气疯了，揪着小麦克李文的耳朵到他办公室训话，说要解雇他让他滚。还说希望他以后如果自己开律师楼，最好有个像王彼得这样的合作伙伴，否则连裤子都得赔光。其实我倒蛮喜欢小麦克李文的，除了有点儿公子哥儿派头，心地挺善良的，起码比他老子强。就这段时间，除了吃睡和工作，我哪儿还有闲心注意身体的变化。

直到那天莫妮卡来电话，才发现情况不大对。本来这些日子我谁的电话都不接，别来烦我，让我好生清静清静。跟你们这帮女人鬼混，一不留神混成爹了，再如此下去我还不得当幼儿园园长，给我打住吧。我所有电话上都有来电显示，一看是女孩儿的一律不理。那天莫妮卡一口气打了三十多通电话，我实在难掩恻隐之心就接了。她先是一惊，天啊，彼得，你还活着，你不是在天堂里跟我说话吧，那边天气怎样？我说我在为上帝加班呢。莫妮卡一听立刻用中英文破口大骂，你这个王八蛋，到底怎么回事，为什么几个月都没音信？我诧异，莫非她已经破译了"王八蛋"的真正含义？忙问，你是说我很幽默？狗屁，别给脸不要脸了。莫妮卡火冒三丈地说，我的一位中国同事跟我开个玩笑，我说，你真王八蛋，气得他再不跟我讲话了。我左道歉右解释才弄明白怎么回事。彼得，你太王八蛋了，当时我就想拔枪毙了你，推到地铁里压死也行。

过去跟莫妮卡在电话里打情骂俏，聊着聊着下边就会有感觉，老二这家伙很怪，像条狗，一听要带它出去玩儿，马上高兴地摇尾巴。可这次没有，这条狗像睡着了一样静悄悄地。我觉出有些不对，可没太介意。为营造良好的幽会气氛，我特意请莫妮卡到我家附近的"俄国茶室"共进晚餐。这家馆子十分有名，坐落在曼哈顿五十七街上的"卡耐基音乐厅"东侧，是很多明星及政要的最爱。我喜欢它的开胃菜"脆皮番茄"，还有主菜"樱桃酱烤羊腿"，都是典型的俄式风格。如果赶得巧，还能听到有人用手风琴拉各式俄罗斯民歌，浪漫欲滴。

那一夜刻骨铭心地黑暗，完全可以和股市的黑色星期五相提并论。莫妮卡带来一打保险套，要与我展开一场诸葛亮六月渡泸，七擒七纵的疯狂拉锯战。可无论她怎么弄我怎么弄，热水呀冷水呀，想到的招数都用尽了，下边的家伙就是不听使唤，坚决拒绝工作。长夜将尽，窗帘的色泽开始温润起来。我彻底震惊了，绝望得如醉如痴，深深陷入百思不解的懊恼与困惑。这纯粹是一种背叛，一场"奥赛罗"式的阴谋诡计。明明长在我身上的部件，却完全不跟我同心同德协同作战，在我脆弱的时刻抛弃了我。我用陌生的眼神注视着它，觉得它正伸出一双翅膀，像一枚狡猾的蝙蝠，若即若离飞出我的躯体。我突然意识到，貌似强大仪表堂堂的躯体，不过是块傀儡般的橡皮图章，而真正的主宰则另有所属，它高兴时陪你玩儿，反之则完全不理睬你，毫无顾忌地展现它无上的权威和固执的个性。这是种近乎神圣的遥远，越遥远的东西越神圣，让人产生膜拜的冲动。我想到赛梦甚至渴望立即见到她，她生命里的生命如果真的存在，也许是此刻唯一能证明我如假包换的铁证。男人女人的最大区别是男人有两种死亡，一种是电影里生活中常见的，被枪击中或罹患绝症，啊一声倒地，这并不可怕，因为一切结束了，既无享乐也没有折磨。而后一种是人死了命尚在，没有性的定位不知是男是女，这样的存在让人如何面对呢？我开始恐惧，大口喘着气，惊魂动魄地体尝一种被吸干抽净的轻渺，感觉肉体在一丝丝收缩，最后变成一张薄纸，随莫妮卡的轻叹飘落床下。

清早的阳光被窗帘逼迫成窄窄的一片，停留在莫妮卡光滑白净的背上。只有当她背对我时我才敢看她。她身上所有性感的一切，下巴、乳房，还有充满弹性的腹部，从未像眼下这样让我深感重负。我们默默无言，我发现无言的时刻是最不安静的，甚至是格外吵闹的，所有平时听不见的，连光线的洒落几乎都发出嘈杂的声响令人不靖。彼得，发生什么了？莫妮卡边问边转过身，她关注的眼神既真诚又庄严，像两颗长长的钉子向我刺来，令人来不及躲避。没发生什么。我随口说。

　　那是为什么，彼得？
　　也许太累了吧。
　　要不要度个假，咱们走得远一点儿？
　　倒是好主意，不过最近太忙……

　　莫妮卡离开时，用手抚摸着我的面颊和头发叫我不要紧张，说一切都会好起来，还说她会去买些西雅图的生蚝，她妈常给她爸做这个吃。她妈说，这东西就像枪药，砰一声就炸起来。我无可奈何地傻笑，心说你父亲多大年纪，我居然也进入吃枪药的行列了。我发现自己突然变得敏感脆弱，好话坏话都无法承受，恨不得独自躲起来，像哈里·波特那样走在伦敦火车站的月台上，朝一扇墙纵身一跃就逃离尘世。我想到赛梦，思路像一块磁铁，死死吸附在她身上，冥冥间甚至可以感到她身体的温度和皮肤的弹性，砰砰砰带着生命的搏动。我抓起电话拨通她的号码，电话里的录音却说，该号码已取消，没进一步消息。我像一碗放得太久的中国羹汤，里面的勾芡散尽，澌成一汪惊魂未定的混水，对天发呆。

　　时光变得毫无意义，应该说生命变得毫无意义起来。我不愿去想肚脐以下的事，就当那部分从不存在，就当我是飘飘飘飘到办公室，又从办公室飘回这间睡觉的屋子。我跑到另一个城市看过专科医生，他纷纷扬扬讲了一大通，表意识，潜意识，表意识是社会的，潜意识是本能的。尽管这些道理我不全懂，但都再次帮我确认，我拥有的不过是一层躯壳，真正的主宰在形乎之上，既不可望也不可及，社会的永远服从本能的，就像理性最终听命于情感一样。医生给我开了药，他特别介绍了一种新产品，二十分钟生效，一次管十六小时。他拍拍我的肩，说了句话让我绝望，"吃些西雅图生蚝，据说这玩意儿管用。"苍天哪，早知你也这么说我还专程跑到这儿来干吗，把莫妮卡请进门不就齐了。

没想到我还未请，莫妮卡竟自己搬到我家。几个月后一天清晨，莫妮卡拉个大箱子敲我的门，说她彻底跟房东闹翻了，这个王八蛋房东，一次要涨我六百块房租，说什么物业在涨，油价在涨，地产税在涨，就他工资不涨，废话，你工资不涨关我屁事儿，有本事抢银行去呀，完全超过法律规定的百分比嘛，我一气之下搬出来，在你这儿凑合几天，找到房子就走。说着她打开箱子，把衣服一件件挂进我的壁柜，五颜六色云蒸霞蔚，忽一下把房间点亮。你知道，我……我迟疑着，不知说什么好。我不愿再经历那个黑暗之夜，已经轻渺得像张纸了，再来一次我怕化作轻烟飞走。我想起医生给我的十六小时，从未试过，连忙悄悄吞下一片，以跳大神儿般的心情等待奇迹发生。哦，谢天谢地，没到晚上，我怕太晚了力度不够，就把该做的赶紧做了。莫妮卡的女高音响彻入云，我怀疑她选错职业，如学歌剧，《茶花女》的历史必将改写。她抱紧我说，娶我吧，我们结婚吧。我只当这是床笫絮语不能当真，以前她也说过吗，记不清了。可我从未想过，此刻更不愿想这个问题。我怎能怀着十六小时的秘密谈婚论嫁，更不能告诉她我并不十分享受，十六小时可以完成动作，却无法还我狂热。何况还有赛梦的事，赛梦又在哪儿呢？

日子像一轴毫无才气的都市画卷缓缓铺开，生命似河流上的漂浮物被时间裹挟着前行。莫妮卡看来不急于找房，那天还说要分担我的一半房租，说以后咱就这样，你一半我一半。我说算了，你不在找房吗？她瞪大眼睛，找个屁呀，那天你说什么来着，怎么提起裤子就不认账？我说了吗？说了说了，就你说的，你这个坏家伙，彼得，我真觉得你很王八蛋呀。边说边扑上来把我压在床上，让我把那天的话重复一遍。我重复一遍她说不够，又一遍还说不够。那你要怎样？我无可奈何地问道。

> 我要你用中文写"爱上一个王八蛋"。
> 为什么？
> 我要把这几个字文在我的……
> 你的哪儿？
> 晚上告诉你。

她趴在我耳边窃语。

> 不行，今天不行，就吃你的西雅图生蚝吃的，我拉好几
> 天肚子了。
> 真的吗？
> 真的。
> 中国有句老话，好汉经不起三泡稀。
> 什么意思？
> 就是说再壮的汉子也经不起拉肚子。
> 这样啊，我爸怎么从来不拉肚子？

我望着她纯净的目光心绪纷纭。房事我总是能拖就拖，维持一个虚假比启动它艰难万倍，就像维持一个政权比建立它更难。可同时我已开始习惯了莫妮卡蓝天白云的性格，她带给我生气，生活从平面升

腾为立体，变得不再飘飘地虚怀空荡。也许我需要一个女人一个家庭。我望着莫妮卡默默无言。

4

几天后的上午，我正在办公室查对文字。这又是小麦克李文的活儿，他昨天抱着卷宗找我，红着脸说，彼得，帮我把把关吧，再让老爷子抓到就惨了。我接过文件，行，放心吧。他高兴得像个孩子一溜烟儿跑开。这小子不笨，但未必是干律师的料。他应该是艺术家，内心敏感细腻，富于同情心。上次来我家做客，墙上挂着我父亲和他同父异母大哥的合影。这张发黄的照片是我家传家之物，我父亲大哥比他年长很多，早已过世。小麦克李文对着照片左瞧右看，最后犹豫着说，这个人右手好像少了根手指。我大吃一惊，没错，我父亲大哥，我叫他大爷，右手的确少了根食指，可我并不知道从这张照片上能看出来，赶忙仔细观察，才发现必须非常认真才能看出来。为什么？小麦克李文问道。听老一辈讲，我随口解释着，二战时日本侵略中国，全家推着独轮车逃难。半路过一条河，车轴突然断了，后面是日本追兵，四下是水又找不到东西替代。我大爷就把手指头伸进去大喊走走，车到了对岸，他指头没了。这故事我听过千遍万遍早已司空见惯，可一扭头儿，发现小麦克李文已热泪盈眶。打那儿以后，我再没把他的事儿当成分外之物。

就在替小麦克李文审文件之际，秘书送来一封信。信封上的字是手写体，没有发信人地址。我立即拆开，一张照片滑落地下，背面朝上，白底蓝字写着"这是小王彼得，你肯定想知道他的模样。赛梦"。我俯身捡起，边捡边读，血轰地一下涌上脸庞。当我翻过来看正面，只觉心跳骤然停止，整个世界变成一块雕塑，连空气都凝成结晶，只需一碰就会噼里啪啦散落一地。这是个出生不久的男童，除肤色略显深许，其余几乎跟我小时候一模一样。我也有张出生不久的照片，与这张难分彼此，连前额上一小块红记，无论颜色还是形状都看似相同。我惊讶得喘不上气，心底有个强烈的声音往喉咙上喷发，"这是我儿子，这个小兔崽子绝对他妈的是我儿子。"送信的秘书走出去又迟疑地转回来，彼得，你说什么？没有没有，我什么也没说。秘书又带上门，不知为何，我的泪水刷地奔涌而出，无论如何也止不住。我拼命哭恣意地哭，哭得天昏地暗莺歌燕舞，整个世界为之旋转，跳起激情无限的大秧歌。就在这时，猛觉得下身像过电似的一阵发热，那热流不是一丝丝蔓延，而像泼水一样哗地铺开，紧跟着关键部位仿佛有无数小蚂蚁爬过，一阵轻松自如，啪地扬起风帆傲然挺立。我吓蒙了，用手攥住它不知如何是好。我拼命做深呼吸让自己放松，可这家伙就不肯低下高贵的头，一副宁死不屈的横蛮气概。到底怎么回事，到底发生了什么？我迷惑得兴奋，兴奋得迷惑，抓起电话拨赛梦的号码，可还是那个电话录音，此号码已取消，无进一步消息。

莫妮卡回来时我早已到家。我对主管律师说，我有些累，想早点儿回去休息休息。他看着我说，彼得呀，你脸怎么这么红，去看看医生吧。到家后本想小睡一下，可翻来覆去睡不着。我从钱包里取出儿子的照片看了又看，浑身火一样辐射着热浪。人很奇怪，丢魂儿时目光涣散聚不成焦，整日飘忽不定。失而复得后则马上变本加厉两眼冒绿光，暴发户般人欲横流豪情万丈。莫妮卡走过来，问我是不是病了，伸手在我头上抚摸。我说你别碰我，碰出麻烦谁责任？就碰你就碰你，看你怎样？说着她在我身上胡乱搔动起来。我想我是疯了，肯定疯了，出其不意将她一把扛上肩再摔回床上，掀翻她身上的一切。开始她很吃惊瞪大眼睛，随后马上化作一汪水，软软的水，恣意泼洒尽情奔流。事后她轻声说，这是最好的一次。你是王八蛋，我是王八蛋的老婆，咱们什么时候订婚呢？我静静望着她。我发现男人女人床前床后的心境完全不同，男人是由热变凉，冷静得像块刚淬火的金属，女人则更加殷勤温柔，既像妈妈又像女儿。我眼前再次闪过赛梦和儿子的影子，心房突然间收紧，赶忙装着过于疲劳而堕入鼾声。我相信男人事后立即打鼾起码一半是假的，都是怕面对某种真实。不是我不喜欢莫妮卡，绝非这么简单，她的美丽多情，还有健朗无边的率真性格都让我痴迷，可我该如何向她解释小王彼得的存在？这将是剪不断理还乱的艰难使命。更难启齿的是，自打遇到赛梦之后，对比跟赛梦在一起时那种像孩子，或想怎样就怎样的本性心态，莫妮卡的风格显得沉重了。与她共处我无法随心所欲要怎样怎样，和个性鲜明敏锐自我的女人厮守看来不是件轻松事，你老得抖机灵，时刻准备着，天天像开案情会议，腾空的心永不能落地。家庭不该是理性的空间，家庭是你心中的魔鬼终结者，是母仪天下的殿堂，是老婆孩子稀里哗啦把你蜕化成一摊烂泥的地方，这是我想到赛梦和小王彼得时自然萌发的迷思，我被这迷思绑票儿，弄不清在莫妮卡和自己之间，谁更该拯救谁？

小王彼得的出现与我的复原，吹皱一池春水。我从未像现在这样希望见到赛梦和孩子。那时互联网还不流行，我只能悄悄在电话簿上查名字，发现差不多的就打电话过去，可打来打去都不是要找的人。我琢磨过到医院门口儿堵她，可一想到相逢后的局面又太感突然，有些不知所措，所以迟迟下不了手。

莫妮卡十分敏感，也许女人都有第三只眼，专为看男人用，她立刻觉出我的彷徨，疑惑地说，你好像患了老年痴呆症，总丢三落四的，连约好的牙医门诊都忘了去。对了，昨天你又提到赛梦，是不是想她了，要不要我去帮你找她呀？莫妮卡还说，如果她是大力士，非把我头朝下抖一抖，把卡住的地方抖通。我说别价，抖坏了小心我赖你一辈子。一辈子，彼得，别跟我开玩笑了，咱俩不像一辈子的命。快了，我有种直觉，咱俩快了。"你这话什么意思？"我心一颤，不知

莫妮卡

为何身体漫出类似虚脱的酥软，没想到莫妮卡竟说出这种话，让我格外震动，甚至惊恐。我极力装得理直气壮，试图用加重语气安慰她，也让自己镇静下来。最近与她类似的交谈时有发生，今天是最严重的一次，让我有土崩鱼烂之感。人心都是肉长的，毕竟她是在我丢失自信的时刻走来，陪我渡过灰暗的时光。我都习惯了她的气味儿和音调，这怎是一个走字了得。我控制不住自己走上去抱住她，"别这么跟我说话，什么时候咱们去挑订婚戒指？"莫妮卡静静的，既没挣扎也没说话。

女人男人还有一项重要区别，男人的理智和情感可以分开，理智明知只能娶一个女人，可情感则需要越多越好，一个不愿少谁也放不下。女人不同，她们的理智和情感是一码事儿，理智就是情感，情感就是理智。对她们来说，与其说用脑子思考问题，不如说是用心感觉问题，而且感觉一到马上付诸行动。很多事，特别在情感方面，女人比男人更拿得起放得下，男人在这方面的命运往往是女人决策的结果。男人像一支老式步枪，装弹不等于击发，这完全是两个过程两回事儿。而女人是自动步枪，装弹就等于搂火儿，突突突，开枪为你送行。

几周后的一个清晨，我下楼给汽车换边儿。在曼哈顿，马路上停车是周一三五停靠一侧，二四停另一侧，每天须腾出一边马路供清扫。我一般是头天晚上睡觉前换，昨天一懒就忘了，只好早晨做。没想到仅晚了几分钟，一位交警正在给我的车开罚单。我半开玩笑地对他说，早上好先生。如果我没记错，你们交通局刚刚打赢的与环保组织的官司正是本人代理的。"真的，您是？"他好奇起来。

我叫王彼得，服务于麦克李文律师事务所，这是我的车，您能否高抬贵手让我把它挪开？
当然，不过，不过我怎能确定您说的，比如，您有驾照吗?

我这才意识到我身着运动衣,钱包忘在楼上。忙说,给我两分钟,马上拿给您,当然还有我的名片,有什么可以效劳的尽管说。接着我用手机接通了莫妮卡,请她把我西装上衣里的钱包送下来。等一会儿没动静,再等一会儿还没动静。本来和交警就没什么可说的,他也面露难色,不知如何是好。我刚要再给莫妮卡打电话,只见她面色紧张匆匆地向我走来,手里拿着的不是钱包,而是我的名片和驾照。我感觉有些怪,但因忙着和交警周旋顾不得想太多。事后我问她,怎么了?你看上去不大高兴。她莞尔一笑,我从未见过她这样的微笑,很陌生,像从遥远之处飘来的空谷幽鸣,或是深潭底下的几缕鱼踪,似有若无动静难辨。没有,我没事,她喘了口气,平静地说。

5

既然答应了莫妮卡订婚买戒指,就不该光说不练。生活也好情感也罢,全是动态的。任何动态必然有惯性,惯性就是想停停不下的力量,很多真实生活都是被惯性驱动的。那天我对莫妮卡说,我们订婚吧,周末就去"提芬尼"买戒指?"提芬尼"是一家著名高档首饰店,位于曼哈顿五大道与五十街交口处,东西虽贵但设计新颖独特,首饰的价值一半来自设计。没想到她爽快地说,好,不过这个周末我要加班,下周吧,下周咱们到长岛"罗斯福购物中心"去,那里东西款式多,弄不好还有意外收获。边说她边抬头对我微笑,仍是空谷幽鸣式的,让我找不着北。我发现她已很久没说"王八蛋"这句中文了,这是她高兴时最爱说的。不过无论如何她今天能响应我的郑重建议已令我喜出望外,这是这些天很少见的,能否被看做是冰释前嫌重归于好的标志?我们最近在一起时比以往安静了许多,搞得心里慌兮兮的。男人女人在一起时最怕安静,干什么都比安静强,上床下床吵架打架，甚至白刀子进红刀子出也算是一种激情。都说人体炸弹是恐怖主义，其实安静也该算恐怖主义，两性恐怖主义。现在好了，安静终于被打倒，恐怖主义夹着尾巴逃跑了，剩下的该是我和莫妮卡大团结，掀起了上上下下做爱高潮，做爱高潮。

没想到，变化总比计划快。爱没做成，莫妮卡说来例假了。女人为什么非来例假，而且说来就来没完没了不见不散，世上就没有不来例假的女人吗？中国人形容煞风景时往往用焚琴煮鹤，这词儿太老了，谁知道焚琴煮鹤是什么滋味儿，还不如"例假当头"更形象。就在那天半夜，我被巨大的电话铃声惊醒。我跳起来，怕打扰莫妮卡睡觉，跑到卫生间接。竟是小麦克李文！麦克，你不是在科罗拉多滑雪吗，这时来电话，纽约现在可是半夜呀。我困惑地问。天哪，真抱歉彼得，我在丹佛市一家医院跟你说话，医生马上给我手术，再不打就误事了。什么！发生什么了你？我大吃一惊非同小可。原来小麦克李文滑雪时从半山摔下来，折断一条腿，医生正准备给他腿上打钉子固定骨头。你上黑钻区了？我问。黑钻区是滑雪场难度最高的雪道，坡陡弯急很容易出事。

没有，就在蓝方区。

蓝方区还摔成这样，你太幽默了吧？

算我倒霉，一个腾跃后落在冰上，雪都结成冰怎么吃得住啊，从半山一直滚到底，腿折了不说还掉了颗门牙，我现在看去很可笑，像卡通人物。

那我能为你做什么？

我知道他这时来电话肯定有事相求。小麦克李文这才如梦方醒，哇一声大叫：

啊，差点儿忘了正经事。我桌上的案子你帮我看看吧，求求你了彼得，否则老爸又要解雇我。

什么案子？

就是讯朗公司的被侵权案。你说这年头，这么老牌儿的公司愣被人欺负成这样，谁都偷它的技术，赔几个钱管屁用，产品没了。彼得，你有讯朗的股票吗？明天就抛千万别等，这公司我看死定了。

放心，我把案子接过来，可是，

可是什么，怎么了彼得？

下周末我就，和莫妮卡订婚了。

什么，那赛梦不找了？我都找到她的电……

你找到她电话了？快给我。

我尽力压低嗓音。

可，我不想这时扰乱你们，彼得。

麦克，给我，快给……

电话断了，无疾而终。打回去只是留言，看来他已进手术室了。

讯朗之案虽没什么特别，但十分耗人，搞得我不得不加班加点。越看这个案子越觉得小麦克李文的感慨不无道理，这些老牌儿公司恍若老人，他们吃亏不在于兜儿里有没有钱，而是固有观念无法适应瞬息万变的世界。你觉得可以依靠法律保护自己的知识产权，谁偷你技术可以告他。殊不知世界早从绅士变流氓了。法律诉讼周期越拖越长，打不赢就拖死你。同时，偷来技术马上繁殖，衍生出无数其他类型产品，而且产品周期越来越短，都是赚一票就走。诉讼长周期短，这些老牌儿公司靠法律保障自己的迷思，就葬送在这个时间差里。也不想想都什么时代了，市场经济从未像今天这样活跃，漫无边际，不偷来偷去如何活跃得起来？美国在知识产权问题上老盯着中国完全为了遏制中国的发展，是政治行为，它自己这类案子层出不穷，都是大事化小小事化无，绝大多数以和解告终，鲜有闹得头破血流的。

我加班莫妮卡也加班，加班都凑热闹，这种情况很少见，弄得我俩整个一周离多聚少难得见面，有时我到家她已经睡了，有时她比我回来还晚。我故意问她，订婚开心吗？她说，谁订婚都开心，不开心订婚干吗。听这口气好像她说的不是自己。那你开不开心？我追问。你呢，彼得？她反问我。我开心，很开心。莫妮卡眨眨眼说，你开心就好，你开心我就放心了。那天晚上我借着热乎劲儿把手伸进她的被窝儿摸她乳房，她这么久对我实行"禁运"真让人无法忍耐，还没碰到关键部位她就哇一声尖叫跳下床，搞得我像强奸犯一样充满罪恶感，张口结舌不知该说什么好。她说对不起彼得，不是跟你说了吗，再等两天，过了周末就结束了，到时候你想怎样就怎样，都是你的。她的话让我面红耳赤，也备尝温暖，只顾不断道歉。可静下来后，在暗淡的夜幕中，一丝不安隐约掠过心头。英语中表示结束有很多不同词汇，而形容女人例假结束和形容男女关系结束，用词是不同的。莫妮卡用的分明是后者的结束，是她用错了，还是我听错了？带着疑虑我沉沉睡去。

周末，周末终于降临，这对我们是个非常重要的日子。

清晨的阳光永远是欢乐的，它总像歌唱一样飘近人们。我坐起来，发现莫妮卡已经醒了，睁着两只大眼睛望着我，一滴泪水挂在眼角尚未干去。开始我并没在意，以为这是刚睡醒的缘故，人们刚刚醒来有时会不自觉地流泪，既不是伤心也并非激动，或许只与昨夜的梦境有关。可定睛一看，泪水未干是因为仍在流动，静静地流动，看不见水的流淌，但枕边的湿痕像地图越长越大，让人联想到一个国家的版图正在扩张，马队和装甲车掀起烟尘。我以为今天是订婚之日，对任何女人来说都不是小事。她们纤细敏感，此时表现出任何情绪波动都是自然而然可以理解的。我自己又何尝不是如此，今天这一步迈出去，以后的日子该如何面对？我能像一切从未发生过那样彻底忘记赛梦和儿子吗？我真能放弃自己的亲骨肉吗？生活比任何个人意志都强硬，最直接的永远最有力。我记得一位作家也说过类似的话：最要紧的时刻是现在，最重要的人是现在同你打交道的人，最重要的事是把现在同你打交道的人做的事做好。过去读这些话时只觉得是一种哲理，起码从字面的形式逻辑上很像哲理。此时蓦然回首才惊奇地发现，自己竟在不折不扣实践着这种哲理，宛如冥冥之上的某种宿命一样。想什么都已晚，只有向前走，把一切交给命运了。

我俯身试图用嘴唇吻干莫妮卡的眼泪，这个动作的含意比这个动作本身更真诚感人。我由衷地希望她幸福，宁愿相信这泪水是为幸福而淌。就在我的嘴挨上她的脸时，莫妮卡一把将我搂住。我想到"例假当头"，身体微扬似要挣脱，可她的双臂丝毫没有松动之意。我的嘴唇谨慎下移，一点点儿经过她的面颊和鼻子，最后落在嘴唇上，她毫不犹豫响应了我，让我受宠若惊升火起锚。我们相互抚摸调戏，我发现她不像平时那样穿着睡衣，而是彻底赤裸着。清晨的阳光歌唱般飘近我们，随我们一同上下起伏尽情欢畅。我们彼此交换着位置，拼命揪成一团，让肌肤永不分离。空气在抖动仿佛大地在燃烧，周围一切都在热烈起舞飞速旋转。那是一支庞大的合唱军团，丰富的声部和急促的和弦此起彼伏，构成气吞山河的壮美空间。那是一片令人窒息的海啸，地核运动就是它的本质，并赋予它惊人的能量。我们绝对疯了，不肯放过任何一个细节和感觉，在难解难分的互动中拉长时光拉长生命，人真正的境界就是当你觉得不是人的时候，完全彻底与人无关。然而，莫非是异乎寻常的激烈必然带来异乎寻常的感受，当一切开始走向极致，我心底居然掠过一丝回光返照般的凄凉。咣，在一泻千里的奔涌中，一种隐隐的巨大安静像潮水一样漫过心头。世界消失了时间停滞了，我们谁都没说话，动也不动，在死亡般的寂静中目瞪口呆。我听到空气摔在地上的声音，应该很痛。

6

外面阳光明媚，人们享受着生活的无比乐趣。在去长岛"罗斯福购物中心"的路上，我边开车边为眼前的蓝天白云惊叹。这入画般的图景让人很容易产生虚幻的错觉，好像我正飞离尘世，行进在去天堂参加盛大庆典的路上，那里有人山人海万马喧腾，那里是鲜花如毯乐声如梦的伊甸园。莫妮卡坐在身边，似乎也沉浸在不可名状的亢奋中，我甚至怀疑她喝多了，不断侃侃而谈喃喃自语。从第一次在"密亭"酒吧我们的相遇，她说，你的眼神，色眯眯像钩子一样钩住我。如果女人说男人好色千万别以为她在骂你，很多情况下她们是被你吸引才这么说的。如果她们没跟你上床也不一定是你不好，是她们缺乏自信不敢面对心中的自己。女人一辈子要忍耐的比男人多得多，下辈子我决定做男人了。我诧异地望着她，觉得她简直是在做一次总结发言，全部用概括式的语言。你不恨我吗？比如那次，你说中国女人还在裹足我骂了你？我有意把话题由概括转向具体。她默默注视着前方，迟疑了一下说，女人不会因为你说什么而生气，即便你骂她。女人真正生气或遗憾的，都是因为那些你没说出来的。什么！她这话像一顿乱锤，在我的躯体里剧烈回荡。如果我是只钟，一定会发出当当当急促的声响。我在犹疑，这话什么意思，难道她在暗示我和赛梦的关系？还没等我想好如何答对，莫妮卡话锋一转说，最可惜的，是没能跟你去中国走走，沿着你说的那条路。嗨，这有什么可惜的呀，咱们订完婚就去怎样？沿着你叔爷的足迹走一趟。莫妮卡笑了，笑得很真实很遥远很沧桑，那种让人看了就会落泪的笑。笑有很多种，有一种叫绝望。我感到前边的道路突然断裂，我的车像片树叶在空旷中坠落飘荡。我腾出一只手握住她的手，泪水竟涌入眼眶。别这样，彼得，你怎么了，我们是去订婚，不是去自杀。

纽约长岛的"罗斯福购物中心"是北美最大的综合购物群之一，这里有数不清的品牌店连锁店鳞次栉比。我们去的那家叫"克拉名店"，一听就是专营钻石珠宝，且档次不比曼哈顿的"提芬尼"低。迎接我们的是一位年过半百的先生，他花白头发衣着挺括，眉宇间透出十足的自信。"让我猜猜，来选订婚戒指？"他幽默地问我们。是，你真是行家。我赞赏地说。他把我们带到柜台前，小心翼翼地取出一颗颗钻石供我们挑选。这是B级，这是A级的。生日礼物可以用B级，但订婚绝对要买A级的，小伙子，我可不愿让这位美女抱怨你一辈子。他开始天女散花般向我们倾泻专长，口若悬河地招摇起来。对，我只买A级，你说得一点儿不错。我坚定地回答。最后我们选好了一只圆形A钻，莫妮卡自己不拿主意，非让我定。我随口说，中国人讲究圆满，就买圆的吧。但在选择戒指时，没想到那位先生竟然看走了眼，让我顿感意外。他望一眼莫妮卡的手，确定地说，您是六号手指。可莫妮卡想也不想立刻回答："不，我是七号的。"不可能，相信我，凭我四十年经验，您戴七号肯定大。这位先生认真起来，满脸严肃地与莫妮卡争执。我只好打圆场，这有什么好争的，试试不就完了。对，试一试吧，你要是七号这戒指我送了。没想到莫妮卡打断他的话不可抗拒地说，"你要卖就给我七号的，要么我到别处买。"我吃惊地望着莫妮卡，可她双目前视，根本没与我商量的意思。那位先生半张着嘴摇摇头，无可奈何地取出那只七号戒指放进精美的包装盒里。没关系，他面向我自嘲地说，如果不合适可以更换，可以更换。

我和莫妮卡踱出店堂。那一刻，天地六合静谧无边。周围的人流只有移动没有声响，仿佛是一簇簇风中摇曳的芭蕉叶。走廊上的装饰玲珑剔透，高旋的吊灯从天而降，像一只只手臂伸向我们。人们将目光向我们抛洒，那些瞳孔上凝结的光点汇成星云，令人头昏目眩。我想，此地甚好，何不在此向莫妮卡求婚，把戒指戴到她的手指上。"哎……"我刚开口，莫妮卡把食指往唇前一举，嘘……等等，就快到了。说着她将我带到一片宽敞的休息区，这里更明亮颇具舞台性，周围花卉色彩纷呈满载喜庆的气氛。就这儿，你觉得在这儿求婚怎样？她问我。好，很好，你怎么知道我是这意思？莫妮卡笑了，眼里闪着泪花。我拥抱她试图与她接吻，她侧过头躲开我的双唇，静了一下说，彼得你弄错了，今天你求婚的人不该是我。不是你是谁？我诧异。是赛梦，她和孩子已经等你太久了。什么！你说什么？我浑身咣地一摇。别让他们再等了，彼得。莫妮卡的语调越来越有弹性和节奏感，她说，我曾因你向我隐瞒此事深感悲伤，后来才明白，是我的存在让你张不开口，我越努力你就越张不开口，因为你怕伤害我，对吗彼得？我茫然点着头，虚脱的感觉再次浸入心肺，觉得身体开始晃动。莫妮卡叹了口气，目光向失焦的远方游弋。我想过跟你一起装糊涂，让时间把一切变得不可逆转。可那天，那天……说到这儿她哭泣起来，那天当我走进赛梦家，看到小彼得的房间到处贴满你的照片，大的小的方的圆的，连天花板上都有，我问赛梦为什么？她说，是想让孩子从小就记住爸爸的模样。从那一刻起，我坚信你最终属于赛梦。好吧，莫妮卡的泪光璀璨，嘴角带着微笑，既然你无法决定，就让我来决定这一切吧。今天的安排是我的主意，希望也是你的。当赛梦和孩子一会儿走向你时，千万别迟疑啊彼得，否则我会动摇的。为了今天我们都付出了很多，请你成全我，就像我成全你们一样。说着，莫妮卡转身，向远处扬起手臂。

　　快看啊彼得，那是谁？

　　那是，是……

　　你怎么了，那是赛梦和孩子呀！

顺着莫妮卡的手，也顺着周围人们好奇的目光，我看到一个女人推着儿童车缓缓向这边走来，车上坐着一个男童，眸子明亮，凝睛向我观望。我的神经立刻定格在他身上。他的目光绳缆般牵系着我，像引船入港的驳轮，令我情不自禁朝他走去。我俩四目相视，我走近一点儿他的眼光就抬高一点儿，走近一点儿抬高一点儿，直到他彻底扬起头，把红扑扑的脸蛋儿一丝不苟展现在我面前。这是张熟悉的面孔，尽管比照片上的长大许多，但因为太像我，让我连犹豫的空间也没有。我蹲下来痴痴望着，第一次这么近地关注他，他的皮肤，他的味道，他的一切一切都被我的视觉拥抱。我脑海里突然冒出个奇妙的想法，这个孩子才是真正的我，而我则是另外什么人，在看着自己重生一次。紧绷绷的天地顷刻间变得柔韧了，眼前的色彩不再非黑即白非紫即绿，而是吟唱式地混合了丰富了，温厚得一塌糊涂。这想法搅得我情绪波荡，孩子般脆弱下来。我强忍激动轻轻呼唤他，彼得，小彼得，我是你爸爸知道吗？小彼得先是愣愣看着我，突然间神色欢畅，双臂不断挥舞，拍打得身前的小桌子啪啪作响。更让我震撼的，他嘴里发出类似"叭叭"的声音，我坚信那就是他在喊我"爸爸"。我的泪水夺眶而出奔流而下，将眼前的世界全部淹没。朦胧中我一把抱起小彼得搂在胸口，让自己的脸和他的紧紧贴在一起，把心完全沉浸在他皮肤传出的稚嫩感里。那是种蓬勃有力咄咄作响的感觉，沿着这感觉，我可以深入他的躯体，倾听他的心房在尽情歌唱。就在这如醉如痴的时候，我听到一个女人的哭泣声，仿佛十分遥远，像山间清泉潺潺鸣响，一点点儿向我靠近。猛回头，"赛梦！"我叫出声来。赛梦没直接看我，她双眼闪烁着泪花，有些不知所措。她的脸还是那么动人，皮肤细腻的光泽像昨夜的梦一样熟悉撩情。但在瞳孔深处，还有嘴角，可以感到一种更加成熟的坚韧，像拨动的弓弦砰然有力，让你有从十二层楼跳下也摔不死的确定感。一秒钟，就一秒钟，我们在一起时的所有感觉轰然涌上心头，那是子母弹效果，先中间开花，再放射出无数小炸弹，通遍全身，把整个躯体炸得片甲不留粉粉碎。川西平原的沃土，滑溜溜的潮水，哗一下这样哗一下那样，月光下的呻吟，孩子般的无忧无虑，还有浩瀚的大海，梨形海床的野狼巡航，这一切让我彻底崩溃了。我扑上去搂住赛梦，把头伸向她宽广无垠绵延起伏的胸膛。我感到自己的躯体越来越轻，没有赛梦的托举我会像风筝一样飘远，无影无踪。

不知过了多久，我们仨就这样紧紧抱成一团，什么也听不见，只有彼此的呼吸声随时间的节奏合唱。渐渐地，我觉得胸前发热发湿，像咖啡打翻在我怀里，开始我没在意，坚持不动，可水越流越多，甚至湿到我的裤子里。往下一看，才发现水是从小彼得的屁股下流出的，滴滴答答洒了满地。天哪，这孩子，这孩子尿裤子了吧！我大叫起来。真的？赛梦哗地满脸通红。你没给孩子带尿布吗？我问她。就今天没带，要么这身西装就穿不上了，还不是想让他精神点儿给你看。我这才注意到小彼得一身西装笔挺，皮鞋领结一应俱全，简直像个小绅士，可惜现在成了湿漉漉的小绅士。你给孩子带换的衣服了？带了带了，本想一会儿给他换上，谁知这小子，哎，你羞不羞啊羞不羞啊？赛梦边说边用手指搔动小彼得的肚子，逗得他咯咯笑个不停。我说这有什么可羞的，谁小时候不尿裤子呀，来，拿来我给他换上。你，在这儿换？赛梦犹豫地问。可不就在这儿换，一个孩子怕什么，我正好看看这小子到底是男是女，好好检验检验。说着我动手解小彼得的裤子。

彼得，还是让我来吧。赛梦的手扶在我的手上。

彼得？我心一颤，停在那里。多久没听到赛梦这样熟悉的呼唤了？她的口气与其是女人的更不如说像妻子，这呼唤像根导线，把回忆和现实的两极相连，让我浑身充电发热。我默默抬头凝视赛梦，她也用同样的目光迎接着我。我的手不觉向兜儿里的戒指摸去，赛梦，你的手指几号？七号。七号？这戒指正是……等等，莫妮卡，莫妮卡呢？我猛地转身寻找莫妮卡的身影，没有。我对周围的人大喊，谁看到刚才那个女士了，谁看到了？没有任何回答。我漫无边际立刻追了出去，边跑边喊，莫妮卡，莫妮卡·斯诺小姐！跑了好一段路，除来来往往的购物者，他们纷纷用奇异的眼光望着我，根本没有莫妮卡的影子，她像从未出现过一样消失了。

7

后来呢？

其实后来就是现在，现在就是后来。我和赛梦结婚后又有了两个儿子，现在我是三个儿子的父亲了。赛梦生第三个儿子时，我甚至希望她能生个女儿。我在产房里握着她的手，目光却注视着即将诞生的婴儿。先是头，身子，哇的一声全部落地。我对疲惫不堪的赛梦说，看，又是带把儿的。她欣慰地摇摇头说，我奶奶早跟我说过，女人的肚子有三种，一种是男肚子，一种是女肚子，还有一种花肚子。只有花肚子能生男生女，我看来是男肚子，生一百个也是男的，这怎么办？

正说着小麦克李文手捧一大簇鲜花来看我们。我把婴儿抱给他看，你看，又是个儿子，你赢了。他哈哈大笑，我说什么来着，有的女人是男肚子，我妈就是男肚子，生七个都是儿子。我和赛梦相视一笑，他居然也懂女人肚子的事。小麦克接着说，这下好了，彼得你输了，我又可以去科罗拉多滑雪，办公室的事就全交给你了。哦，差点儿忘了说，我和小麦克李文合办的律师事务所已经开业，我们把重心放在亚洲市场，特别是中国，帮那里的客户在海外融资，保护他们在国际市场的正当利益，局面非常喜人。甚至上次老麦克李文来我们这儿"视察"，竟开玩笑地说他要来打工。小麦克立刻装出很酷的样子问，尊敬的麦克李文先生，您懂中文吗？不懂。那恐怕够呛，我们正寻找会讲中文的合作伙伴，在北京开办事处，您还是先学好中文再说吧。气得他爹又去揪他耳朵，边揪边说，看看人家彼得，都有三个儿子了，你呢，连媳妇儿也没混上，没家没孩子的人是干不好事业的。他这话让我想起小时候父母常说的，男人要成家立业。家才能让男人是男人，女人是女人。

　　至于莫妮卡，她挺好的。怎么好？下次，下次一定告诉你。

2009年7月24日　纽约随波斋

水獭街轶事

轶事非现事，我说的轶事有一百多年了。那时的水獭街已不靠水，也就是说，它最初是靠的。那是一七多少年，荷兰人统治曼哈顿。当时水獭街紧挨着哈德逊河岸，是商埠，以贩卖水獭皮著称，故曰水獭街。后来荷兰人不灵了。因为荷兰人好贸易，倒买倒卖，可贸易立不了国。古希腊人，腓尼基人，都热衷贸易，当好战的罗马人一成势，满完，三下五除二将你拿下。荷兰人在纽约的命运正如是，当英国的炮舰登陆曼哈顿，原来的新阿姆斯特丹自然就改称纽约了。

英国人是殖民者，追求领土扩张，追求对市场和资源的占有。为何资产阶级革命和工业革命都最先发生在英国？因为他们需要物质的支撑搞扩张，这才是根本原因。英国人到曼哈顿也一样，他要发展，发展是硬道理，于是曼哈顿就飞速发展起来。几经周折，不断围水造地，水獭街终于不靠水了，变成一条内陆街道。我说的轶事正是这个时期，十九世纪下半叶，美国内战已结束，发现了石油，发明了热机和电力，伴随大量移民的涌入，人们像搞运动一样追求发财，如火如荼。那绝对是纽约的"镀金时代"，疯狂迷乱，水獭街上游走着形形色色的身影，蓝眼睛棕眼睛，黄头发黑头发，一看就是块容易出轶事的地方。

1

就说杂货店老板安东尼，四十来岁，意大利移民，在水獭街地面儿上算大哥大。一是他资格老，在此居住了二十多年。这里靠码头，人口流动快，二十多年算很长了。二是生意火爆，他的店阴阳五行包罗万象没有不卖的。漫说吃用，连草料和马镫子，甚至取暖的煤炭都卖。水獭街一带五行八作人来人往，商人、水手、脚夫、妓女、警察、海关官员，还有挈妇将雏的新移民，都可能光顾他的店。安东尼大嗓门儿，扎条围裙站在门口，还老爱给人出主意，你应该这么着吧，你应该那么着吧。要么就推销他的新货，瞧一瞧看一看了啊，知道这是什么吗？可口可乐，这可是包治百病的灵丹妙药。那时的可口可乐当药卖，像川贝止咳露，后来才羼水稀释，改大瓶儿，算饮料了。

最近安东尼有点儿打蔫儿，他咽不下这口气。为啥？他女儿安美丽的肚子被隔壁邝老五的儿子搞大了，这可是安美丽自己交代的。邝老五祖籍中国广东，他在水獭街的资历不比安东尼浅。他爹是修美国中央太平洋铁路的华工，后来在旧金山淘金。到邝老五这辈儿，二十年前来纽约，一直在水獭街开洗笼，学名洗衣店。他儿子生在水獭街，是对面修道院的嬷嬷接的生。嬷嬷老了，儿子大了，好么，一等一的人才，身量，戳个儿，早不留辫子了，大分头油光水滑，在海关下属的信报馆当差，成天不着家，这些日子正伺候着海关官员在南卡州的查里斯港处理棉花关税问题，那时英美间常为进出口关税发生龃龉。他跟安美丽青梅竹马，年龄相仿。邝老五警告过他，别跟安美丽起腻，法律不允许华人与白人通婚，再说她爸咱也惹不起，真闹出事来非把你狗鸡割喽。可年轻人搂不住火儿，谁知什么时候媾的合，瞧瞧，肚子大了吧。

这种事儿瞒不住。家丑不可外扬得看什么丑，上车蹭票，偷看嫂子洗澡，要么卖炸糕的多找你一毛钱，这行。肚子大了怎么瞒，过些日子孩子出来了，安东尼他们全家是天主教徒，不允许堕胎，到时候多出一口人，能吃能喝能哭能尿炕，瞒个屁啊。

最先察觉的是理发店楼上的暗娼蜜蜜花。你想，她就干这个的，干这行的不光对男人敏感，对女人更敏感，想搞定男人一定得留神女人。蜜蜜花三十大几风韵犹存，她来自南部的田纳西，说话南方口音，跟小说《飘》里的女主角郝思嘉算同乡。她曾傍上个来往于纽约与英国曼彻斯特间的皮货商，蜜蜜花不图名分不要婚嫁，本来过得好好的。不知听信谁的流言，皮货商非去得克萨斯州购一批马皮，说欧洲绅士跳舞的舞鞋就得马皮做，马皮比牛皮轻，而且抗皱。结果船刚过迈阿密就被维京海盗劫了，尸首都没找到。这么一来蜜蜜花放了单儿，又没尿本事，便当起暗门子。说是暗门子，整条水獭街都快让她睡遍了，还如狼似虎想吃人家邝老五儿子的童子鸡。那天她一边套丝袜一边对恩客律师保尔森说：

> 美丽可能出事的啦。
> 安美丽？
> 她肚子大啦，屁股都翘起来的啦。
> 哎哟喂，谁的？
> 肯定是老邝头的宝贝儿子的啦。
> 欧买嘎，这犯法呀！

据当时美国的《排华法案》，华人不许跟白人通婚，通奸都不

邝老五

行。这不一出门儿律师保尔森就告诉了开衣场的钱斯基。这个钱斯基不知算哪儿的人，他一会儿说是波西米亚人，一会儿又改称犹太人，甚至还说过他来自巴勒斯坦，闪闪烁烁没个准主意。衣场人多嘴杂，于是开餐馆的爱尔兰人丹尼尔知道了，修水管儿的德国移民汉多斯知道了，扛活的被解放黑奴嘎嘎咕也知道了，整条水獭街箆头发似的箆了一遍，连修道院那些非礼勿听的嬷嬷们都知道了。说明一下，衣场非衣厂不是别字。厂指现代工业，有分工和流水线。钱斯基可没这个，他就把活儿发给大家，做好交货按件付钱，典型的工场手工业，所以场非厂。

安东尼终于没扛住。他抄起双筒猎枪，对着邝老五的"邝记洗笼"横匾一顿乱射，噼里啪啦，匾也歪了，白底红字上净是弹孔。那时就流行谁横谁老大，人不说话枪说话。他边射边吼，邝老五，把你的王八蛋儿子交出来！邝老五哪敢交儿子呀，早闪了。街坊四邻跟着瞎起哄，律师保尔森说，报警，报警，让检察官起诉这个中国佬。蜜蜜花装着喘不过气，用一把中国折扇拼命扇，哎呀，不得了了，要命嘞，我要昏过去了。钱斯基是小嗓儿，按昆曲分类算小生，颇像电影《列宁在一九一八》中的告密者，掐死他，掐死他，就这样掐死他！他用手指做虎钳状，放在喉咙下抖动着。安东尼一把将他推个踉跄，管你是波西米亚人还是犹太人，没有祖国就谈不上尊严。发客油，什么掐死，烧，用火烧才对！是是，烧，烧。钱斯基还是小嗓儿，更小，变青衣了。他顿时领悟，意大利人多信天主教，罗马教廷惩罚异教徒就是绑十字架烧，当年坚持日心说的布鲁诺，不就被活活烧死了吗？对，架十字架，烧他娘的。钱斯基又重复一遍。

这边闹得正欢，那边可不干了。你以为意大利女郎白给的？安美丽披头散发挺着肚子冲上来。还记得法国名画《自由引导我们前进》吗，上面有位年轻女郎露半拉奶子，打着旗帜往上冲？安美丽此刻就是打旗女郎。她对她爹喊道，不是他，这孩子不是他的，你打死我吧！说着一把举起安东尼冒烟的枪筒放在胸口，开枪啊你个蠢货，开啊！安东尼傻了，哑口无言。周边都傻了，都哑口无言。不是说中国佬的种吗，怎么？要说钱斯基也是倒霉催的，他为讨好安东尼，于无声处冒了句：那谁的？安美丽正在气头上，你的，是你那天强奸了我，这孩子就是你的。

坏喽，这下乱套喽。当时不懂测基因，连血型流不流行都难说，孩子在肚子里，还不说谁就是谁的。顿时，安东尼的怒吼，钱斯基的小嗓儿，安美丽的哭泣，蜜蜜花的呻吟，还什么保尔森那，丹尼尔呀，汉多斯啊，甚至嘎嘎咕，嘎嘎咕就知道祈祷，浑身筛糠一样，他一听绑十字架烧就打抖，当年奴隶主以宗教名义烧死多少黑奴啊，坐下病了。整条水獭街，像皮蛋瘦肉粥一样热闹。

2

当安美丽冲上去跟她爹玩儿命时，黄昏已深。凡关键时刻都是黄昏，黄昏的光线角度最佳，投影深情灿烂，能把简单的故事丰富起来。水獭街的黄昏不是瞎编乱造，是真黄昏。天色渐渐发暗，该开的枪开了，该流的泪流了，听说钱斯基还尿一裤子，指天对地非说自己阳痿。反正大家累了，你妈叫你回家吃饭呢。

不仅如此，水獭街连那个夜晚也颇具今夜无眠的味道。安东尼对安美丽扯脖子喊，不是中国佬的吗，怎么又钱斯基了，你把我老脸都丢尽了！安美丽只是不停地哭泣，咬紧牙关坚称孩子是钱斯基的。安东尼最终无奈，罢了罢了，赶明儿我把钱斯基的狗鸡也剁下来，你等着瞧！钱斯基这时正在自家后院洗裤子，那时没自来水，都用压把儿井。他越洗心越虚，算计着花多少钱才能把事情摆平。蜜蜜花则照常营业，她与管儿工汉多斯在被窝里还讨论找爹的命题。她坚持是中国佬的。而汉多斯不以为然，我看钱斯基这小子不是好鸟，早觉得他对安美丽心怀不轨。汉多斯恨死钱斯基，这小子老跟他讨价还价。

窗外因黑暗而神秘，水獭街的狗开始叫个不停。

邝老五其实没走远。凭什么呀，置下这份产业容易吗？一间门面房，还有后院儿的洗衣机烘干机。那时候洗衣机是木制的，一只木桶，中间有个靠驴拉的搅拌器，把搓好胰子的衣服放进桶里，灌满水，让驴像推磨似的转动。烘干原理也差不多，下面烧着炭火，上面是个筛子状的铜皮筒，也靠牲口拉。位于曼哈顿下城的华人博物馆里，至今仍保留着类似原物。这么一大摊家业，怎能说丢就丢。安东尼开枪时，邝老五就躲在不远处。安美丽哭诉钱斯基强奸她的话，他听得真真儿。他为这丫头的刚烈情义深深感动，美丽呀美丽，你救那臭小子一命啊，等他回来我一定原原本本讲给那个王八犊子听。

街灯在下半夜显得孱弱，水獭街更幽暗了。邝老五蹬着梯子去挂被安东尼打歪的牌匾，你个挨千刀的，打人不打脸，砸店莫砸匾，你触老子霉头，这是要赶尽杀绝呀。老子平日对你不薄吧，你让咱买可口可乐，咱买了，喝得我和他娘放了一夜的屁，打了一夜的嗝儿，我说什么了吗？还有上次马料的事，我说那个黑豆磨得不够碎，牲口吃了肯定出毛病。你不信，非说中国佬懂个屁，怎样，人家找上门来了吧，马都快吃死了！中国人玩马时还没意大利呢，不听老人言吃亏在眼前，可反过来你又怨我没提醒你。洋人都翻脸不认人，神马玩意儿。

邝老五嘟嘟囔囔，嘟嘟囔囔。朦胧间，只见两辆运货的马车停在水獭街正中央，清脆的蹄声在黑夜的绝静中格外洗练。邝老五的位置高，昏暗中仍能看见有人卸车的夸张动作。都后半夜了，这是卸什么呀把路都堵了？他想弄个明白，毕竟咱在这街面儿上住着，便走下梯子向马车缓缓蹚去。嘿，我说，干什么的？他这个干字还没吐完，在路灯轻渺的逆光下，玉洁冰清的台阶路上，一层黑色像草坪似的绒毛状，飞快向四处扩散。假设地面是一张纸，在纸中心用火柴点燃，火会沿着同心圆向四周移动，邝老五的感觉正是这样。

刚开始邝老五没弄清怎么回事，直到草坪蔓延到他脚下，发出吱吱啦啦的响声，他突然意识到是老鼠，好多好大的老鼠，他也立刻明白了眼前这些彪形大汉在干什么！邝老五本能地破口大骂起来，操你大爷的，缺不缺德呀你。他抄起一把撮垃圾用的长把儿铁锨，挥舞着向马车冲去。没跑几步，只听啪啪两声枪响，火光四射，子弹嗖嗖从邝老五的头顶飞过。他咣叽扔了铁锨趴在地上，脸贴着地面，接着一串车轮轰鸣，伴着马蹄声碎喇叭声咽，还有赶车人狂妄的吆喝，咦——哈——，从邝老五眼前奔驰而过，顿时消失了。马车可以消失，老鼠不行。邝老五本想多趴一会儿，他怕有人抄后手，躲什么地方打他黑枪，只觉得背后一阵发痒，痒得钻心，原来一窝老鼠仓皇之下钻进他后脖领子。他噌地来个鲤鱼打挺蹿起来，撩开衣服跳着脚抖，欧买嘎，欧买嘎，我操你大爷的。他边抖边骂，把个清粼粼的后半夜搞得像说数来宝似的响起韵脚。

街坊四邻惊动了，既为两记枪声，也为邝老五。那年月响枪稀松平常，家家有枪说放就放，夜半枪声并不足怪。但随后邝老五的几句数来宝，让人觉得好像被打中了。于是窗棂初亮，刷一个，刷又一个。人们不在乎响枪，好奇的是挨枪的是谁。特别在这敏感时刻，莫非安东尼射杀了邝老五？喂，老邝头，你活着吗？蜜蜜花头一个推开窗户对跳脚的邝老五喊道。老鼠！我问你话呢，你个赤佬，装洋腔是吧？老鼠老鼠！汉多斯在一旁不耐烦，将一只空酒瓶甩下来，哗地在邝老五脚下散开。老五，你疯啦，钱斯基才是那个杂种的爹，你不用害怕。老鼠！嘿，你不能胡说，不能胡说，我不是那孩子的爹。钱斯基的小嗓儿也加入合唱轮唱。咔嚓，安东尼抽拉了一下手中的枪，横冲冲闯出门外。他把枪口架在邝老五头顶，发客油，老子四处找你，你以为脱得了干系，钱斯基和你儿子的狗鸡都得割下。老鼠老鼠！什么老鼠，你他妈装疯卖傻是吧？安东尼没明白邝老五的意思，心说哪儿还能没老鼠呀，咱水獭街就有，他店里还有老鼠夹子在卖。问题这根本不是一码事。水獭街的老鼠是家鼠，身材娇小见人就跑，破坏力有限。邝老五说的老鼠是马赛黑鼠与纽约土鼠的杂交品种，法国马赛港的黑鼠个头大食量大，繁殖力破坏力极强，而且不怕人。它们的后代至今仍活跃在曼哈顿的地铁和大街小巷，你吓唬它，它盯着你，眼神儿叫你裆下发凉。

"有人在水獭街放了两大车老鼠！"邝老五这才从惊恐中缓过劲儿，声嘶力竭叫喊起来。谁放的？鬼才知道，两大车，两大车呀！如果将邝老五的叫喊比作摔炮儿，砸在地上还没响，现在不是流行让什么都飞一会儿吗，让邝老五的摔炮儿先飞一会儿。可水獭街等不及，已经乱了。

就在安东尼还想挥枪使横之时，水獭街已灯火通明。此地是美国最早使用电灯的地区之一。爱迪生公司当年在纽约建的第一座火电厂就在珍珠街，距水獭街仅四五条马路之遥。伴灯光轰亮的是此起彼伏的叫骂声，比如律师保尔森，他用严厉的口吻对钱斯基吼道：我亲眼所见，我家用人也看见，这些老鼠分明是钻破墙皮从你家跑到我家来的。我的塔克西（指燕尾服）都被老鼠咬破了，没塔克西我怎么出庭，你家老鼠严重干扰了我的高尚职业，我要控告你，你必须赔偿损失。钱斯基则用小嗓儿仓促应战，怎么是我家老鼠，谁知这老鼠打哪儿来的，我的衣服不也被咬了吗，我找谁去？不管，反正我家老鼠是从你家来的，你就得赔！律师保尔森死咬不放。那谁赔我呀，水獭街房子都连成一片，中间只隔层木板，冤不冤那我。

话音未落，那边蜜蜜花的哭声已铺天盖地。要命嘞，我不活了，我衣服都被咬破的啦，我可怎么办哪？还有修道院的嬷嬷们，她们跑到马路上，个别者只穿着薄如蝉翼的内衣，白花花淌成一片，令人匪夷所思又无暇多想，她们不断在胸前画着十字，像一群胖胖的鹅仔在街上晃动。水獭街处女般清澈的凌晨就这样被老鼠开了苞，人们不过是老鼠的难民而已。

老鼠迫使人类当难民在西方史上早有发生，最深刻的当属黑死病。人们纷纷逃到乡下避难。正是那次造成三分之一欧洲人口灭亡的鼠疫，为文艺复兴时代的到来，还有科学的突破性发展，提供了客观条件。灾难往往是打破旧秩序的契机，中世纪宗教裁判所的黑暗统治，一夜间在黑死病的劫难中分崩离析。水獭街这场找爹运动也被突如其来的鼠灾打乱，原有的稳定因此而风雨飘摇。

安东尼在猝然临之的灾难面前一派茫然，哪儿还顾得上割这个狗鸡割那个狗鸡。他店里的火腿、熏肉和奶酪上面布满老鼠。安东尼只顾发狂地开枪乱射，乒乒乓乓稀里哗啦响成一片。安美丽挺着肚子对她爹大喊，住手，你疯了，老鼠比子弹多，开枪管屁用！她哭泣着向邝老五求援，五叔啊，我怎么办呀？要说还是人家邝老五，虽然被子弹吓蒙，但很快就镇静下来。有些东西是胎带的，没辙，老辈儿经过太多苦难，都基因化了。他对安美丽说，丫头你稳住，听叔的。他让安美丽找来一只铁皮箱，把所有金银货契都放进去，四边再用火漆封牢，然后藏到阁楼上的隐蔽处。他对安美丽说，丫头，其他都好说，别让老鼠把房契啃喽，有这咱就能熬过此劫东山再起。接着他让安美丽把店里尚存的所有老鼠夹子都用上，能抓多少抓多少。再用大把石灰粉店里店外一顿狂撒，安东尼店里也卖石灰，生石灰呛鼻子的气味能阻止老鼠靠前，起码先把店面保住。邝老五自己也这么干，他家后院的牲口被老鼠吓得嗷嗷叫、尥蹶子，老鼠敢跟毛驴抢草料里的玉米高粱，比毛驴还凶。

不过也有个别现象。那个被解放的黑奴嘎嘎咕，他住在钱斯基地下室的一间小屋，这里无窗无电。他用煤油灯，燃起是天亮，吹熄是天黑。虽已被解放，但嘎嘎咕仍习惯睡觉时睁一眼闭一眼，随时准备听老板招呼。钱斯基是他老板，刚才钱斯基与律师保尔森的争吵他已听见。他燃起灯，静静坐在床边，望着一群惊慌失措的老鼠堆积在墙角。他喃喃地说，在这儿待着吧，没事，他们不会到这儿来，我会照顾你们的。老鼠望着他，他望着老鼠，油灯下的影子像两个人在交谈。

嘎嘎咕屋里很暗，外面的天开始亮了。

水獭街的台阶路面正映出银色的晨曦。那光泽渐渐飘移，宛如女人蓦然回首的目光，越来越闪烁，越来越让人迷惘。水獭街的人们确实很迷惘，他们被突发的老鼠大军逼得发疯，魂不守舍，已到忘却时光的地步。今天的清晨算糟蹋了，既无炊烟，连刷牙的喉喽喉喽声都没有。人们嘈杂地簇拥在安东尼店前，争相抢购老鼠夹子。然而，当他们发现所有老鼠夹子已被用尽，情绪骚动起来。人们涌向库房，欲抢安东尼仅存的石灰粉。石灰能防老鼠，你信吗？反正水獭街信了，因为他们别无选择。安东尼开始还试图抵抗，用手中猎枪维持秩序，开枪了，老子真开枪了！根本没人睬他。当必需品极度短缺时，市场就是传说，而定量或票证，要么明抢，则是必然结果。安东尼面对的是群恶狼，像餐馆老板丹尼尔，平日寡言少语，此刻像头活牲口跟安东尼叫板，发客油，再不开门我可砸了！他这一喊，张三李四王二麻子全跟着哄，大有拆房填井之势。安美丽挺着肚子冲出来，根本没问安东尼，不由分说哗啦打开库房，拿吧，狗日的，有本事你拿。只见白烟飘过，众人散去，地上平添无数张牙舞爪的白脚印儿，凸显余怒未消。

3

但有人就没参加抢石灰运动。谁？钱斯基。天上有个太阳水中有个月亮，我不知道我不知道，哪个更圆哪个更亮？不知道没关系，拣知道的说。知道的就是这个钱斯基鬼心眼儿忒多。你仔细听，当律师保尔森臭骂他时，钱斯基的音调根本心不在焉。他不着急不上火，调门儿走上声入声，平平仄仄平平仄，总去那个仄的。钱斯基有怕保尔森之处，人家毕竟是大律师，纯种苏格兰，气势恢宏压人一头，但不全是。他心里有事，脑子没在这儿。他琢磨啥呢？机会，这小子永远在用本能寻找赚钱机会。你用脑子他用本能，区别是你累他不累，追求性高潮不易但乐此不疲，对钱斯基来说，赚钱就是性高潮。他说他跟安美丽没关系是认真的，他怎么会为女人承担赚钱的风险？嗓子很小很小，心却很大很大。他做梦都想当水獭街首富，把所有房子全买断，再返租给这帮臭丫挺的。每次收租时，要让全水獭街在他面前肝儿颤，把平日所有的盛气凌人，变成马粪再塞回他们嘴里。乞求吧哭泣吧，这些泪水简直就是美酒，一杯美酒一杯香酒一杯甜酒，喝了它准会让你醉透。

晌午时分，钱斯基一闪，轻飘飘落进安东尼的店里。此刻他的神情已不像阳痿患者了，眼里全无往日的恭卑，他甚至敢在呆若木鸡的安东尼面前，叉开五指夸张地梳理头发。怎样，让人抢了吧。安东尼如梦方醒，当确定眼前晃动的竟是小嗓儿钱斯基，一把揪住他脖领子，发客油，老子正要割你狗鸡呢。知道什么叫强弩之末矢不能穿鲁

缩吗？箭头强力已衰，连纱翼都刺不破。钱斯基一眼看透几近崩溃的
安东尼，轻轻往他胸前一推，安东尼又咕咚坐回椅子上。

安兄，想发财不？
发个鸟，我都快破产了，我……
打住，说正经的。
发什么财？

钱斯基眼睛盯着安东尼，鼻孔一张一合，猛地从怀里变戏法似的
掏出两个老鼠夹子。这种老鼠夹子跟安东尼店里的不同，个儿大，好
像专为昨夜的不速之客定制的。欧买嘎，欧买嘎，苍天啊，神奇呀，
在这解民倒悬之际，漫说老鼠夹子，哪怕一只猫都让人热泪盈眶。水
獭街的猫早跑光了，老鼠没来时挺热闹，嚎得像婴儿闹觉。老鼠真来
了，都说养猫千日用猫一时，全没影儿了。也难怪，我要是猫我也
跑，这么多老鼠，就算老虎来了也得跑。整编七十四师一水儿美式装
备，孟良崮一役咋样？被粟裕的人海战术死死围住，七十四师就是
猫，照样死翘翘。

安东尼的目光像强力胶，吧唧就粘在两个鼠夹上。他顾不上说
话，动手就要抢。钱斯基居高临下地一哂，喜欢呀，喜欢拿走。说着
把鼠夹塞到安东尼手上。他问安东尼，如果我卖给你，你肯出多少
钱？安东尼说要多少给多少，这可是救命的呀。好，这么着，我卖你
两毛一个。两毛？安东尼虽说要多少给多少，还是被这两毛吓一跳，
因为雇个杂役才两块钱一月。那年月流行银币，百分之九十银加百分
之十的铜，叫摩根币，一毛硬币今天的收购价超过三百美元。对，两
毛！钱斯基的口气冰冷坚硬。我算过，你能卖到三毛一只，利润不算
小喽。那他们再抢怎么办？不怕，你把这两个挂在橱窗里当广告，让
他们先交钱后取货不就齐了，天黑前我准时运到。钱斯基一钉一铆向

安东尼交代，一听就早计划好了。肯定准时？肯定。你要坑我我绝对毙了你！安东尼哗啦了一把枪栓。钱斯基顿时板起脸，去去去，把你这破玩意儿扔一边去，我可把话说清，安美丽的孩子绝不是我的，谁都知道那是老邝家的种，等那小子从查里斯港回来一审就清楚了。你安东尼要想做这笔生意，找爹的事必须跟我无关，否则白白您哪！哎哎哎，安东尼一把拽住钱斯基，别价呀，我也没说是你呀，都他们起哄，没问题，这孩子从此跟你无关。你保证？我保证。说着安东尼又哗啦了一把枪栓。习惯了。

奇怪，钱斯基怎么会有老鼠夹子？有个大文豪说过，他是利用别人喝咖啡的时间读书写作的。钱斯基则是利用别人吵架抢石灰的时间做生意的。从发现老鼠的头一秒钟他就觉得蹊跷，这是个局，但不像打冤家，难道整条水獭街都得罪你了？肯定跟钱有关，肯定哪个王八蛋憋着坏，与其说要毁水獭街，不如说想火中取栗赚黑心钱。既然能弄来这么多老鼠，就一定有回马枪，回马枪是什么呢？钱斯基没想透，直到看见安东尼店前那些呜里哇啦的白脚印，他豁然开朗。卖货！一定要卖杀老鼠的货，八成就是老鼠夹子！想到此他脸一阵潮热，像女人闹更年期。接着又亢奋起来，心咚咚跳，八十，九十，一百，咣，那种感觉正像射精，一泻千里浑身松软。他逆流而动拔腿就跑，卖货人肯定就在附近，他的货八成囤在码头，正一边观察水獭街一边伺机而动。要赶在他下手前截住他说服他，堡垒必须从内部攻破，由自己代理比陌生人操盘更可靠。再加上现金买断一把一利索，应无问题。至于说如何推销，钱斯基也想妥了，他算计之精堪比苹果电脑爱疯手机，就让安东尼卖，先收钱后取货，把丑话都说头里，钱一到手还怕尿啊。

水獭街

4

不难想象，接下来水獭街到处是老鼠夹子，屋里屋外，就差被窝里了。千万别光脚下地，弄不好把你大脚豆儿夹了。刚开始还有点儿意思，时不时听到绷簧的砰砰声。有的老鼠只夹到尾巴，拖着鼠夹满街跑，哗啦啦响，很酷很暴力。但过些时日，平静多了，老鼠是一回事，老鼠夹子成另回事了，人家不大吃了，闻闻夹子上的酸奶酪扭头就撤，有的甚至还面带微笑。就好比大兵团作战，重型火炮覆盖之后，对方阵地依然有人朝你卖萌做鬼脸儿，气人吧。

这让水獭街十分郁闷，花钱没消灾，不坑爹吗？人们先是路人以目，表达无奈，随后忍不住纷纷议论。修道院的神甫说，根据《圣经》，我主为万王之王，就是说，万物皆有王，老鼠也有，只要抓到鼠王，何愁鼠患不灭？神甫多少有精神领袖的意味，语调悠长，西方文明本身就有擒贼擒王意识，这跟中国很像。于是马上有人见证说，没错，我见过，个儿头很大。是啊，我也见过，像小猫那么大，一跳老么高。还是钱斯基的解释最专业最完整，一套一套的，虽然他不是天主教徒，但这丝毫不妨碍他为神甫的话添加注脚，他说：

众鼠以鼠王为尊，如抓到鼠王，就往它屁眼儿里灌西班牙辣椒水，再把屁眼儿缝死，然后放掉。

放掉，为何放掉？

不懂了吧，辣椒水排不出鼠王就会发疯，然后拼命撕咬同类，众鼠见鼠王崩溃便一哄而散，必离开此地逃往他处。

哦，是这么回事。

邝老五不屑，对钱斯基嗤之以鼻，心说他这套说辞肯定是偷自己的，记得以前跟他提过，只不过这小子把煤油换成了西班牙辣椒水。其实邝老五打一开始就不看好老鼠夹子，纯属八面儿风，花头土，肯定不灵。你想，老鼠看到同类被活活夹死，换你你还敢碰吗？关键这批老鼠夹子来路不正，昨天为钱斯基押车的小子，腰里别着左轮儿，就他，不正是头天夜里朝自己开枪的主儿吗？眉眼虽没看清，但轮廓，尤其声音，丝毫不差，他那声"咦哈"这辈子忘不了，满口乡下土腔，一听就听出来。你说，多丫挺的呀，先放老鼠再卖老鼠夹子，忒损了，比土匪打劫还坏，打劫劫一个，可你把整条水獭街都毁了。再说这帮洋人，安东尼、钱斯基，有一个算一个，神马玩意儿，昨天还装可怜求老子帮忙，嘿，转眼跟土匪搭伙了，鞍前马后帮人家推销老鼠夹子。洋人都一路货，骨头里是匪，跟咱绝不是一种猴儿。鼠王又怎样，抓住鼠王其他真会作鸟兽散？鬼扯。

可事情比想象得还糟。老鼠夹子不仅未能根绝鼠患，还产生了新问题：死老鼠，谁来清理越来越多的死老鼠？平日水獭街有收垃圾的。每天清晨各家把垃圾堆在路边，等专门收垃圾的马车摇铃统一收集。但这些天人家不来了。为啥？谁都知道水獭街闹鼠灾。除急茬儿业务不得不，送电报的，救护的，要账的，其他能不来则不来，特别是收垃圾的，坚决不来！满街死老鼠，谁知有病没病，染上算谁的？甭管怎么央求，说垃圾堆成山了，人家就不来。这种情况越来越令人不安，天儿热，水獭街的空气一天天厚重起来。那位神甫忍不住派人询问，以上帝名义云云，可这帮收垃圾的都是异教徒，根本不吃这套。人家心说，我掏垃圾我怕谁呀。社会底层自有社会底层的特权，哪儿都一样。

律师保尔森又在当街发火，他的狗脾气越发与日俱增与时俱进。我非起诉不可，纽约市政府玩忽职守，违反宪法修正案第十四条，剥夺我们纳税人享有社会服务的法定权利，大家要联署，联署！他说联署时，蜜蜜花捂着鼻子从旁走过，哎哟哟，保大律师呀，没等打完官司水獭街早死光了。你们都说抓鼠王，去抓呀。还有清垃圾，大家轮流，要你们男人做啥，关键时得顶住，顶住。蜜蜜花故意把顶住二字咬得真切，说完还咻咻笑出声。轮流？怎么轮，难道让我清垃圾？律师保尔森用手指着自己鼻子，惊讶得吊起眼角，像《野猪林》的林冲。安东尼又耍老一套，赚点儿钱底气又旺盛起来，摆出老大的范儿。这样吧，咱不等了，各家各户出钱，雇人清死鼠。雇谁呀，你说得简单，花多少钱也没人干！丹尼尔毫不买账。管儿工汉多斯冷不丁冒出一句，让嘎嘎咕干呀，他干不过来钱斯基可以帮他嘛。汉多斯死活跟钱斯基不对付。对对。周围有人附和着。钱斯基一听急了，他当着众人不敢摆在安东尼面前的谱儿。别别别，我说老几位老几位，嘎嘎咕绝无问题，我让他干，而且我出两份儿钱，嘎嘎咕那份儿我也出，这行了吧？汉多斯望着地面不抬头说，那也不行，嘎嘎咕一人肯定干不过来，多出一份钱管蛋用，人手不够还不是白搭。够啊，有人哪。钱斯基眨巴着眼儿说。

　　谁呀？
　　邝老五啊。
　　邝老五？

　　这方面你不得不服，甭管多急的事，钱斯基总有辙，胸有成竹，说话的气口透着瓷实。他接着说，邝老五算戴罪之人。戴罪？对呀，他儿子不是把安美丽肚子搞大了吗，咱跟他这么说，让他戴罪立功，要么抓到鼠王，抓不到鼠王就得清死老鼠。如果答应，他儿子可以免罪，否则严打。你们放心，中国佬都顾家，为儿子啥罪都肯受，一定会干。钱斯基心说，哪那么容易抓到鼠王，让这个中国佬撅着屁股干吧。什么，免罪？你以为法律是儿戏吗？如果属实就必须起诉。律师保尔森汪汪叫起来。我知道，知道，咱不得先让他把活儿干起来，其他再说嘛。钱斯基的小嗓儿很像公鸡打鸣儿。

不知这算不算规律？好事是一层层往上走，比如进贡。百姓进县长，县长进省长，省长再进给皇上。坏事呢，一层层往下走。上级让淘厕所，一连二排把厕所淘干净！连长想必不去，叫排长去。排长不去让班长去。班长当然也不想去，就叫士兵去。此时此刻，邝老五就是士兵之一，另一个是嘎嘎咕，他俩算垫底的。按说邝老五比很多人富有，有金条、产业、骡马大牲口，但不知为何，有钱能使鬼推磨这条普世真理在中国佬身上就不灵，财富跨不过种族门槛，钱未能给邝老五带来应有的社会地位。当邝老五听到水獭街做出让他和嘎嘎咕清死鼠的决定时，格外愤怒悲怆。他不理解，被解放黑奴嘎嘎咕本是钱斯基的人，愣拆开跟他搭伙。为何钱斯基这小子出两份钱就能以赈代工，他却不行？最让他气不过的是，明明钱斯基和安东尼是水獭街的败类，他俩暗中勾结土匪流氓发鼠难财，反倒以功臣自居对他指手画脚，逼他干最脏最危险的活儿。邝老五一下没忍住，七窍生烟八孔喷血，咣啷扔掉手中的铁锹，当着众人面儿，用流畅的粤式英文破口大骂，操，别以为老子不知道，这老鼠夹子咋回事？昨天放老鼠今天就弄来老鼠夹子，怎么这么寸？分明是串通贼人糟践水獭街，你俩必须给个说法儿！

邝老五这番话让水獭街咯噔停了一下，就一小下。人们交汇的眼神还没轮过一遍，钱斯基便发话了。他的窄脸带着与生俱来的悲情，好像受到伤害，又像要伤害人，难以捉摸，那副小嗓儿像歌剧中的咏叹调，充满叹息的味道。我说老少爷们儿，你们可听见了，我为水獭街囤来老鼠夹子，现在倒落下话把儿了，我，我冤那我。安东尼，安兄，你得替我做主，我这是赔本做生意，连吆喝都没赚着啊。我要跟歹人勾结，立马挖坑埋了我，对，绑十字架烧也行！

　　跟真的似的，钱斯基玩儿起山寨版煽情，搞得人情浮荡。安东尼用枪顶住邝老五的胸膛，发客油，长本事了你，连老子都敢骂。你他妈给老子说清楚，我怎么勾结贼人了，要拿不出证据我非毙了你！是啊，你说他勾结外人祸祸咱水獭街，证据呢？这还要什么证据，不明摆着吗。邝老五试图辩解。

　　　　那不行，没证据怎么信你？
　　　　是啊，没证据你做啥这样说的啦。
　　　　你到底清不清死老鼠？
　　　　对呀，我们不说别的，只说清垃圾。
　　　　对，只说清垃圾！
　　　　少跟他废话，抽丫的。

　　邝老五这才意识到自己正陷入重围，心里一下毛了。他想缓和语气进一步说明他的证据，即那个向他开枪的乡下人，可水獭街并未给他额外的机会。律师保尔森跨前一步走到他面前，向身后群人一挥手，表示制止说：

　　　　听着邝老五，我想你一定没弄清问题的严重性。是这样，有人要向移民署告发你儿子，说他违反《排华法案》与白人女子通奸。对你来说这不像好消息，对对，完全不像。假如罪名成立，他很可能被发配到内华达州挖矿。不过这事被我压住了。放心，如果你肯帮大家个忙，跟嘎嘎咕清理街上的死老鼠，我一定尽全力帮你摆平官司。咱都是街坊，你放心，不会见死不救的，现在选择在你，给句话吧？

　　邝老五的头嗡一下蒙了，浑身血液充满每颗毛孔，随时可能崩裂。他的泪水突然奔涌而下，冲刷着变形的面孔，又落在光洁冰冷的水獭街上。他清楚安美丽的孩子是谁的，他意识到自己根本没反抗的本钱。本想二十年人情能帮他挡过去，他想过，安美丽的孩子一出生，男孩一般像娘，看不出老中老外，只要安美丽不说就没事。要是丫头，长得再像爹，也有办法，让修道院的嬷嬷接生，生出来放在她们的育婴堂，不接回家，就说孩子死了，再多捐给修道院些钱就行。可现在一切都在落空，二十年人情算个屁，乱世无情，人也好国也罢，叫人拿住就是奴隶，水獭街的日子看来是过到头了。想到此邝老五长舒一口气，像做肺活量测试，非把气吐尽才算到位。他的泪水戛然而止，连流出的都在往回吸。他眨眨眼，让血色重归凸凹的脸庞。他犹疑地问：那，我抓到鼠王呢？好啊，抓到鼠王就不再让你清垃圾！说话算数？向上帝发誓！言罢律师保尔森还对众人喊道，你们说行不行？行。行。

有一点要说明，安美丽是后来才知道邝老五必须清死老鼠这件事。她二话没说，抄起安东尼的猎枪就往外闯，被她爹一把夺下来。你疯啦，我可跟你说啊，别胡来，钱斯基对咱可有用，再说孩子毕竟不是他的！安美丽没搭理他，空手直奔钱斯基，上去就一顿嘴巴，边打边骂。你个王八蛋！噼里啪啦。提起裤子你就不认账是吧？噼里啪啦，一顿狂抽。安美丽可绝对不宅，该出手时就出手，打得钱斯基满地找牙。钱斯基说不出道不出，打得过打不过都不敢还手，再流产闹出个人命，安东尼还不一枪崩了他，只得干挨着。打完钱斯基安美丽找到邝老五，非要跟他一块儿清垃圾。可不敢呀丫头，把邝老五吓一跳。你跟我清不等于承认这孩子是老邝家的，他爹还敢露面儿呀？你放心吧，五叔对付得了。邝老五拿定主意，决不让安美丽参与此事，他自己能忍，实在不行豁上这条老命，不图什么婚娶，只求儿子、安美丽和孩子平安，不吃官司，不染鼠疫。

5

水獭街地处曼哈顿南端夹角，地势平缓通直。当静悄悄的黎明冉冉升起，一会儿便能穿透整条街的石阶路面。石阶路也称台阶路，是用砖头大小的花岗岩一块块铺成，阳光照上去的感觉与柏油路不同，柏油路不闪烁，而台阶路质地坚硬，光线打上会有金属般的反射，颇具舞台效果。

在这样的舞台上，水獭街的清晨似乎正重归于常。邝老五嘎嘎咕一前一后赶着马车，那时车轮还不是胶皮的，是铁箍儿的，碾过台阶路面会发出晶晶刚刚的响动。邝老五使唤长把儿铁锹的感觉十分独特，嘎嘎咕比不了，后者是七零八落，前者像倚声填词，沿某种长短调式，先急促，再沙的一声展开，最后哗地收官，今宵酒醒何处，杨柳岸晓风残月，每铲都结结实实。虽然鼠患未消，但邝老五的长把儿铁锹还是给水獭街带来些慰藉。蜜蜜花又开始隔着大老远打招呼了，这女人有点儿二百五，只要有钱花有男人睡，天塌下来也不吝。她冲邝老五劈头盖脸就一句：

老邝头，你宝贝儿子啥辰光回来？我想死他的啦。
你有病的啦。

邝老五没骂出声，因为蜜蜜花的问话正捅到他心窝上，让他的太阳穴突突直跳，根本顾不上还嘴。这是他的心病，他就怕儿子此刻回来，要看见老爹为他整天撮垃圾捡老鼠会什么感受？他的暴脾气肯定受不了，后果不敢想！现在关键的关键是尽快摆脱这桩倒霉差事，等儿子回来另谋他策，该关张关张，该卖店卖店，不能听任这帮洋人，特别是王八蛋钱斯基，再往咱头上套马嚼子，惹不起走得起，还是那句话，人也好国也罢，让人拿住就是奴隶。不是抓鼠王吗，好吧，你说鸟兽散就鸟兽散，反正鼠王啥样谁也没见过，就朝大个儿的给他找，等老子抓着鼠王看这帮王八蛋还说什么，你大爷的。所以每次卸车邝老五都格外留神，用铁锨一点点儿把垃圾往下扒拉，心说抓不着活的碰只死的也好，只要有大个儿的就不怕逮不着。卸车就是把垃圾卸在低洼处。曼哈顿岛的发展中有条成功经验就是围水造地，既解决了建筑与生活垃圾的堆放，又能造地，地是钱，造地就是造钱，把原本处理垃圾的纯消费变成地皮生产，真可谓变废为宝一箭双雕。邝老五他们卸车之地就是后来倒塌的世贸双塔处，距水獭街仅两三个路口，前不久重建世贸的工地上挖出了沉船，当年为造地什么都填，连废弃的船只亦不例外。

这天嘎嘎咕正噼里啪啦卸车，他小子一身蛮劲儿，牛犊子，这锨下去再一锨尚未落地，就听邝老五一声大吼，停，打住！嘎嘎咕一愣，赶紧住手。只见邝老五噌一下跳下坑。垃圾坑一人多深，散落的垃圾堆成一个斜坡。邝老五一直下到斜坡最底处，用铁锨三拨弄两拨弄，接着拾起一只硕大的死鼠。这老鼠个儿不小，头朝下，邝老五垫张纸掐着尾巴，怎么也得一尺多长。其实这么大的老鼠在今天纽约地铁或老建筑里时有所见，不新鲜。但当时在水獭街以至整个曼哈顿岛，还是破天荒地离奇，叹为观止。它们是今天纽约老鼠的第一代移民，就像安东尼、钱斯基包括邝老五，是第一代移民一样。

邝老五眼里闪着灵光，调门儿升高了半度，你大爷的，我操你大爷的，真他娘让老子给撞上了，还真有这么大老鼠，这不是鼠王啥是鼠王，看这帮王八还说什么！他坐在马车尾部，嘎嘎咕赶着车往回走，就听邝老五一路这么嘀嘀咕咕没完没了，刚才说人家蜜蜜花有病，他也快了。嘎嘎咕本想回他一句，几次话到嘴边，嘴唇都动了，还是没张口。他这人平时无话，人们跟他说话都是让他干活，嘎嘎咕干这个，嘎嘎咕干那个，只要把事干好也就没人搭理他，看来习惯成自然，归了包堆嘎嘎咕也没把想说的说出口。

当马车经过安东尼店门口时，他正扎着围裙戳在路边儿。见邝老五和嘎嘎咕越来越近，安东尼本能地退后几步，毕竟是垃圾车，空车也有味儿。他本想马车会像往常一样从他眼前穿梭而过，没想到伴着邝老五的吆喝，哦哦，吁吁吁，车子愣在他眼前一寸多点儿的地方停住了。安东尼很生气，捂着鼻子刚想发作，只听砰一声，一只巨大的死鼠落在脚下，吓他一跳。

欧买嘎，这，这是，鼠王？你抓到鼠王啦？

你以为呢？让你开开眼。

邝老五本想示威示威，没打算说这是鼠王，毕竟非自己所抓，底气不足。当发现安东尼认真了，索性顺着话茬儿往下捋，不说是也不说不是。没想到安东尼哇地大叫起来，欧买嘎，邝老五抓到鼠王啦，欧买嘎，抓到鼠王啦！这一喊让邝老五措手不及，有些尴尬，不知如何往下圆。眼见人越围越多，大家都为这只死鼠的个头儿惊叹不已。这时，只听钱斯基的小嗓儿，像清水中滴了滴墨汁，出现了：这不算，死的不算！呸，放你的屁，凭啥不算？安美丽一口啐过来。是啊，凭啥？大伙儿不解。死的怎么灌西班牙辣椒水？再说鼠王鼠后是一对儿，抓到一对儿才行，否则另一只马上接替鼠王位置，还不是白搭。钱斯基一环套一环，连环套，让众人哑口无言。邝老五真想朝钱斯基的窄脸上抽一鞭子，他强忍着这口气。管儿工汉多斯还是死活跟钱斯基过不去，他问，照你意思老邝头的垃圾车得拉一辈子喽？我可没说，这是你说的。钱斯基连忙强调。是啊，你今天说清楚，鼠王到底啥样，别变来变去都是你的理。安美丽不依不饶。钱斯基开始紧张了，额头发潮。他坚持说鼠王是一对儿，边说边暗中踩了一下安东尼的脚。安东尼马上大嚷道，散了散了，都散了。要抓抓一对儿，否则不算。

嘎嘎咕抖着嘴唇，终于对邝老五小声憋出一句：五叔，咱走吧。

6

十八世纪英国牧师马尔萨斯认为，人类的供给按线性增长，而人口上升则以几何级数增长，因此必须用极端手段，比如禁欲或屠杀，来防止人口爆炸。马尔萨斯是悲观者，悲观的人易动杀机，要么杀别人要么杀自己。可水獭街何止悲观，都悲剧了。面对鼠口爆炸，什么屠杀手段都试过了，遗憾的是，要想解决鼠患，看来只能在降低鼠口的同时学会面对现实，人类的适应力是很强的。

像餐馆儿老板丹尼尔，人们在争论那只死鼠时，他正忙着开门营业。有个伙计患病没来，他只得自己顶上。刚做好一锅纽约浓汤，就听噗一声，有只老鼠从天花板掉进了汤锅，把丹尼尔气得冲着大门骂娘，发客油，发客油，还不如放把火烧光水獭街，一了百了的痛快！骂归骂，怎舍得泼掉这锅用鲜蚝干贝熬成的浓汤？他悄悄把死老鼠裹巴裹巴扔掉，加大火，拼命用汤勺在锅里狂搅，好像多搅几次就能将噩梦搅掉，就能让内心平静。一只老鼠坏一锅汤说的是平时，真闹起鼠灾来，漫说一只老鼠，十只未必坏得了一锅汤，啥叫适应力，这就是。丹尼尔骂娘时邝老五恰从门前走过，心里还在生钱斯基的闷气，听到丹尼尔的骂声不禁也随了一句，没错，烧光了算，一了百了！邝老五肯定没想到，他发现的这只死鼠，就像抠动的扳机，正将水獭街的轶事轰上末路。

钱斯基的心情也非常不爽。尽管安东尼刚才帮他驱散了人群，他还是对安东尼充满抱怨，觉得他废物点心。在钱斯基心里，水獭街的人都废物点心，但当下以安东尼为最。该死的，非让老子把话点透吗？钱斯基当机立断把安东尼叫到丹尼尔餐馆儿的一角，正值午饭时间，他问丹尼尔，今天什么特价？纽约浓汤。好，两碗纽约浓汤，两个三明治，算我的。接着便开始教训安东尼。安兄，我说你是真傻假傻？安东尼一头雾水，他已习惯钱斯基的出言不逊，为赚钱得拼命忍着。没等回答钱斯基又问，

> 安兄，你想不想把店面扩大一倍？
> 想啊，做梦都想。
> 那好，不出数月我让你梦想成真。
> 真的吗？

钱斯基的语气于是深沉起来，听着安东尼，从现在起，你绝不能再提鼠王二字。为什么，邝老五今天抓的不是鼠王吗？傻呀你，邝老五抓到了鼠王还会清垃圾吗？你没发现自清垃圾以来，他洗笼的生意一落千丈，谁会找个铲死老鼠的人洗衣服？对呀，安东尼如梦初醒。我料他撑不了多久，最多俩月必关店。到时咱照死了压价，把他的产业拿下，你就在隔壁，店面不就扩大了吗？可我，拿不出这么多钱呀。安东尼沮丧道。别急，我来买，然后让你白用三年如何？此话当真？当真，但你必须帮我把他的店拿下！钱兄，你说怎么干？安东尼一激动，连"钱兄"都用上了。

> 这样，以后邝老五无论抓到多大的老鼠，甭管死活，是不是一对儿，绝不承认是鼠王。
> 那别人提怎么办？
> 听我的，跟着我说，你只管掌控局面，把你宝贝闺女管好，还有汉多斯，别让大家跟他们走，有把握吗？

有，绝对有！

好，就这么说，咱以汤代酒，为合作干杯。

干杯！

说完二人将碗中浓汤一饮而尽。差不多与此同时，嘎嘎咕一步三顾走进邝老五的洗笼。洗笼空荡荡，室内陈设基本是中国式的，能让你想起老北京的湖广会馆。大堂一角供着关公关老爷的塑像，下有燃香，奉着四时鲜果。纽约的广东人开店必供关老爷，至今如此，谁也说不清究竟为何？邝老五好奇地问，有事儿吗？因为这是嘎嘎咕第一次来他的店。嘎嘎咕没搭茬儿，一直走到离邝老五很近，几乎连呼吸都能感觉得到才说出一句，五叔，到我那儿坐坐。你那儿？邝老五没明白啥意思。我有东西给你。什么东西？邝老五的话没问完，嘎嘎咕已转身走了。他只得跟着，一直跟到嘎嘎咕那间黑乎乎的地下室。下楼梯时邝老五就觉得嘎嘎咕屋里有动静，扑扑响。直到嘎嘎咕点起煤油灯，屋里开始光亮起来，哎呀！邝老五被眼前景象吓了一跳。

陋室一角，一群老鼠正涌泉般上下翻滚。地上有条石灰撒出的白线，嘎嘎咕在西，老鼠在东，嘎嘎咕可以跨过去，但老鼠并不跨过来，它们到线即返，无一例外。关键是这群老鼠中，有几只身材巨大，远大于邝老五早晨捡到的那只死鼠，它们动作敏捷，与其他无异。邝老五恍然大悟，难怪嘎嘎咕对自己找到死鼠很不以为然，原来如此。你是说，这都是给我的？嘎嘎咕点点头。还有别人知道吗？嘎嘎咕摇摇头。真没有？嘎嘎咕又点点头，很确定。邝老五一阵激动，顿觉眼眶发热，他攥着嘎嘎咕的胳膊，不断在他肩头拍打，啪啪作响。

原来嘎嘎咕竟有训鼠的本事！他来自南部港城新奥尔良，当年是通过约翰布朗开辟的"地下铁路"逃到了北方。新奥尔良曾是法国殖民地，每天有无数马赛港驶来的船只泊岸。像水獭街这种老鼠，嘎嘎咕早见过，不新鲜。那时他是奴隶，住牲口棚，天天与鼠为伍，面对根本不把自己当人看的奴隶主，嘎嘎咕对老鼠的情感比对人深。他能从砖缝儿中提取碱盐做诱饵，吸引老鼠就范，因为老鼠打洞不光为通达，也为摄取砖石中的碱盐维持骨质硬度。那时嘎嘎咕把与鼠交流作为情感的寄托，人类饲养宠物必源于最初的寂寞。不久前当他突然被水獭街的老鼠从梦中惊醒时，没有惊慌只有慰藉。从那刻起他重操旧业，跟老鼠逗闷子。当得知邝老五的遭遇后又开始养鼠。在他看来，白人都聪明过了头，什么鼠王不鼠王，你要多大老鼠他就能喂出多大老鼠，眼前这几只大老鼠就是专为邝老五喂的。在嘎嘎咕心底，邝老五是同类，跟奴隶差不多，奴隶未必能解放自己，但不乏彼此同情。虽然他并不信白人会兑现承诺放过邝老五，主人对奴隶不存在诺言问题，但还是想帮邝老五碰碰运气。

嘎嘎咕转身，把早编好的笼子从床下取出，正要将老鼠装入，被邝老五一把拦住，小心，被老鼠咬伤会出人命的，等我找几个空酒瓶，把瓶底儿打掉再灌进糯米浆，老鼠进去会被粘住，咱就能抓活的了。邝老五讲得认真，只见嘎嘎咕已跨过白线，把老鼠像玩具似的一只只抓进笼里，看得邝老五瞠目结舌。拿去吧五叔。嘎嘎咕举着笼子说。邝老五欲接，手伸到一半又停住了，嘎嘎咕，麻烦你给五叔再装一笼。再装？大的就两只，没了。小的也行，越多越好。嘎嘎咕糊涂了，你要小的干吗？别问了，再给叔装一笼，没准儿用得着。

7

水獭街的午后安静懒散，跟人一样，也有打哈欠的时候。斜阳像催眠曲一样轻盈缥缈，挠痒痒般缓缓蠕动，一抓金儿，二抓银儿，三抓不笑，是好人儿，所有温厚缠绵的想象都可用来勾画这个时刻。微风吹过，扬起安东尼店前的幌子，钟声回响，洗沥着时光的浮尘，这些看去都非常偶然，漫不经意，然而很多刻骨铭心的轶事正因为偶然或漫不经意才越发不可收拾。

当邝老五和嘎嘎咕还在梦想如何石破天惊之际，一辆电报局邮差的自行车咣地停在邝老五洗笼门口，邝老五电报！那时纽约送电报的情景与十多年前的北京完全相同，甚至连邮差制服的色彩都一模一样是绿的。当发现无人回答，邮差又大喊一声，邝老五电报！仍无人知应，因为店里压根儿没人。这种情况很常见，于是邮差转身去敲隔壁安东尼的门，正撞上安东尼在店前徘徊。接下来当然是安东尼代签代收，电报从邮差之手转到安东尼之手。

要在往常这不算什么。邝老五的儿子常出差常来电报，安东尼替他代收也并非首次，但今天不同。今天是在钱斯基找他谈过话后发生的，是他肩负重任，要把邝老五的店拿下的前提下发生的。其实就在邮差碰上他的时候，他正悄悄用步伐丈量邝老五店面的宽度。令他意外的是，邝老五的店面竟比他的还宽出两尺，租店就得宁短一尺不窄一寸，真是机会难得！此刻安东尼的心情有些复杂，既想拆开电报看，又怕留痕迹。想来想去，还是找到钱斯基。钱兄，这是刚接到的电报，邝老五的。好啊，我也听到邮差的喊声，安兄，看来你终于开窍了！钱斯基赞赏着接过电报，想都没想就在封口上洒了点儿水，再用烙铁一熨，信封就开了。电报来自华盛顿特区，内容是：

　　父亲大人在上，儿明日返家，特告。

这是邝老五儿子的电报，明天他就回水獭街！安东尼不辨喜忧，只盯着钱斯基看。钱斯基眉头轻锁，慢慢把打开的信封重新封好，思索片刻才冷峻地说，我看一不做二不休，不如借这个机会跟邝老五摊牌，就说有人正举报他儿子与白人女子通奸，一旦回来必抓进监狱，让邝老五立即把店盘给我，然后带儿子远走高飞！安东尼听罢面露迟疑，清垃圾咋办？死心眼儿啊你，没他水獭街不活啦？那他会不会跟咱玩儿命，这老梆子可死倔？安东尼仍有踌躇。钱斯基不屑地瞥着安东尼，玩儿命？卖店才是他最合理的选择，有出路就不会玩儿命，莫非他敢杀人，要么把水獭街点了天灯？放心吧安兄，这小子不卖店咱就真举报他，敬酒不吃吃罚酒，不卖就抢，中国佬要敢玩儿命，世界早不是今天这样了！律师保尔森不会管他，汉多斯更成不了气候，说来说去还是你那宝贝闺女，不过想必她也闹不出花儿来。

车鸣将空气撕碎，洒落在静谧的尽头，水獭街被长长的斜阳拧得变形。

邝老五手提鼠笼，他怕遇到人，特意四下瞄了瞄，直到附近空荡荡，尤其是安东尼并未站在店前，才赶紧往家走。他想过，成败在此一举，绝不能轻易将王牌祭出，要当着所有人的面儿，让他们无话可说才行。可是命运往往在不经意中就已定局，世界毕竟不是人类创造的，是人类属于世界而非相反，不能谁想怎样就怎样。当邝老五迈进自家的店堂，在他觉得足够安全的地方，只听咣一声，迎面与正在店中等他的安东尼钱斯基撞个满怀，一对二，六目相视，鼠笼，鼠王，人，一切都赤裸裸无法回避。邝老五怔住了，他俩怎么在这儿？紧接着便发现了安东尼手中的电报。他的心开始坦然下来，像扬起的床单，在缓缓平整地飘落。

对于安东尼和钱斯基来说，情景类似，他们的目光顿时被邝老五手中的鼠笼吸引。安东尼本想以送电报为借口，忽悠邝老五。当他看到鼠笼鼠王，电报之事早置之脑后，攥电报的手停在空中，雕塑般一动不动。

钱斯基则为之一震，他第一感觉是，这两只鼠笼很眼熟啊，我肯定在哪儿见过！他一时想不起来。同时他深感诧异，邝老五这么快就能抓到如此巨大的一对儿活老鼠，大到不承认是鼠王怕都不行，众口铄金，你很难说服别人。他绝望了，瞬间的崩溃感让他恨不能一把夺下邝老五的鼠笼，但克制住了。靠自己是打不过邝老五的，安东尼真会全力相助吗？自古华山一条路，看来只能将威胁进行到底，用邝老五儿子要挟邝老五，以此虚化鼠王的重要性，除此别无他途。

不难想象，这一刻洗笼里的气氛异常紧张，如果这是一张弓弦，可以听到砰砰的响声，空气仿佛凝滞了，整个世界像块琥珀被终结了，像幅油画被装框了，虽然只是短暂的一小会儿。

还是邝老五带头打破沉默，比较而言，他看去心态更平稳，狭路相逢比的就是心态：感谢二位光临，有什么可以效劳吗？他边说边向前直行，不绕道，逼安钱二人在最后一秒钟朝两侧躲闪，像被检阅似的看着他从中间通过。邝老五的问话首先惊醒了安东尼，他情不自禁地叫嚷起来，欧买嘎，你抓到鼠王啦，你丫牛啊邝老五，这回真抓到鼠王啦，上帝呀，欧买嘎！钱斯基在一旁连忙咳嗽一声，安兄，你忘记你干啥来了吗？快把电报交给邝老五吧。安东尼恍然大悟，对对，邝老五，这是你儿子的电报。我儿子？你怎么知道是我儿子的？邝老五微笑着。安东尼马上意识到说走了嘴，尴尬地补充道，猜的，猜的。其实邝老五一看到安东尼手中的电报就知道是儿子来的，电报是为安美丽的，儿子想向安美丽通报行期，又不能直接给她发报，所以由邝老五转达。邝老五打开电文，哟嗬，安兄真能掐会算，电报的确是我儿子的，他明天到家，谢谢二位带来的好消息。你儿子明天回来？是，明天。他，我意思是，他还行吧？安东尼有些语无伦次，就像他混乱不靖的心情一样。钱斯基气不打一处来，好你个安东尼，关键时刻掉链子，不中用的玩意儿！他推开安东尼走到前面，与邝老五相隔一张条案，上面放着鼠笼和那封电报。邝老五立刻注意到对方阵脚的变化，预感真正的交锋正在到来。他静下心，以不变应万变等对方出牌。他决定先不开口，等他们都说完再表态。令人意外的是，钱斯基的小嗓儿竟完全消失了，没了，取而代之的是颇具弹性的男高音。细品之下，他与安东尼的浑浊交相辉映，怎么听怎么像男声二重唱，比如威尔第的歌剧《弄臣》。

> 老五，你看着可够稳的。
>
> 够稳，够稳的。
>
> 你没听说吗，有人把你儿子告下了。
>
> 告了？告了告了。
>
> 他明天一到就会被移民署抓走。
>
> 你说说，你看看。
>
> 这真让人遗憾，街里街坊的。
>
> 真是，这么多年。
>
> 你别急老五，我一定能帮到你。
>
> 说得是，能帮就帮。
>
> 你把店盘给我，我帮你和儿子带着钱逃走。
>
> 对对，逃走就没事儿了。
>
> 我保证你们爷儿俩的安全。
>
> 那当然，那当然。
>
> 你放心老五，我不会少给你的……

钱斯基刚说到这儿，邝老五打断了他：

> 我的店不卖。
>
> 你说什么？

我说我的店不卖！

邝老五终于弄清钱斯基的真正意图，他竟然琢磨自己的店！想到此邝老五悲愤交加，怒火腾腾往上拱，心说老子砸锅卖铁，放把火烧了它，也不卖给你这个畜牲，要不是你，我何至落到如此地步，还说有人告我儿子？除你这个王八蛋谁能干出这种卑鄙的事儿。邝老五的脸通红，愤怒是一种能量，一种催化剂，它能将情绪变成动能，当人具有这种动能时，任何道理与利害均不值一提，甚至生死皆不在话下。钱斯基从邝老五的眼中体尝到某种与以往不同的元素，正因为不同，使他失去判断，无法推测这种元素的意义及后果，他决定沿原有的思路往下说。邝老五，我这是为你好，是想帮你，你可别不识好人心哪。邝老五的嘴角往下一滑，像那种戗火式的不屑一顾。他对钱斯基说，你姓钱的说抓鼠王，我抓到了。你非说要抓一对儿，我也抓到了。太阳落山时正好大家下班，我会告诉所有人我抓到了鼠王，从明天起老子就不清垃圾了，接下来该轮到你了吧？说完邝老五笑出声儿。他想过，如果钱斯基告了他儿子，就让儿子带着安美丽离开水獭街，离开这毒蝎小人。天下之大，这里的世界虽无奈，外面的世界很精彩，美国是个广阔天地，在哪儿都能活下去。邝老五的嘲笑让钱斯基找不着北，他没想到邝老五如此不逊，一个卑微到几乎算奴隶的人，怎么一下变得这么嚣张。他忍不住亮出獠牙，邝老五！你别后悔，你的店我要定了！不卖店老子非把你儿子送进监狱不可，卖店远走高飞才是你最佳选择！邝老五勃然大怒，发客油！原来邝老五也会骂发客油。我邝老五就是家破人亡也不卖给你，你个王八蛋，你给我滚，滚！

洗笼的吵声惊动了爱管闲事的蜜蜜花。她推门而入，一眼看到桌上放的两只鼠笼和老鼠，哇一声大叫，要命嘞，好大老鼠的啦！转身就跑。她与正往外走的安东尼钱斯基擦肩而行。钱斯基突然停住脚步回过头，盯着鼠笼又看了一眼，这鼠笼我到底在哪儿见过，在哪儿见过呢？

孤零零的洗笼。不知何处一阵风，将桌上的电报吹得一扬一扬，像只深情的嘴巴，无声抽泣着。邝老五浑身颤抖，满脸泪水，那声怒吼耗尽了他全部气血，他有种五脏六腑皆被掏空的苍白感。他缓缓转身，从背后橱柜里取出一坛西凤酒。那时西凤酒像今天的茅台一样流行，六七十度，点火就着，当年李鸿章访问纽约，随船携带的就有西凤酒。邝老五平时很少饮酒，这坛酒不知放了多少年，都记不清是谁放这儿的。此刻邝老五只想一醉方休，迫不及待，他要让自己强大起来、狂起来飘起来，没有负担、屈辱和恐惧，什么都没有，什么都不存在。他把满满一碗酒咚地饮尽，再将空碗哗啦摔碎在自己脚下。

8

彩霞满天，霓云流走，又是，黄昏了。

凡关键时刻都是黄昏，黄昏的光线角度最佳，投影深情灿烂，能把简单的故事丰富起来。水獭街的黄昏不是瞎编乱造，是真黄昏。天色渐渐金红，远处的哈德逊河正映出金属般的光泽。慈悲的落日张开巨大怀抱，拯救般拥抱着天水之间。水獭街的台阶路面，像领悟到某种人生真谛后的眼神，再次闪耀起来。这不像一般的黄昏，不一样，这分明是一间教堂，一座庙宇，充满悲天悯人的感动。

沸沸扬扬，抓到鼠王的消息已传遍水獭街。当邝老五打开店门，左手拎着酒坛，右手提着鼠笼，外面人群正等候着他，他几乎在簇拥下走到马路中央。他酒劲儿往上撞，想尽量让自己走稳些，步履缓慢而端直，好像要上台排戏，来一段广腔《一捧雪》，颇有舞台韵味。

他登上马车，像个牌位从人群中竖起来。在众多目光中，他发现了钱斯基鹰隼般的双眼，咄咄逼人盯着他不放。那目光是威胁性的，咬住不撒嘴的，让他一阵惊悚。邝老五也看到嘎嘎咕，为何嘎嘎咕不与他对视，只一动不动站在钱斯基身后？还有，安美丽在哪儿，安美丽呢？邝老五感到不可名状的紧张，一种不祥之兆泛过心头，但马上又镇静了。他攥酒坛的手指深深嵌入酒浆之中，西凤酒浓烈的醇香正通过手指传遍他的全身。他突然喊出来：

　　老子，抓到鼠王啦！

　　喊罢他将那个装有大老鼠的笼子举到空中。晚霞正从邝老五背后洒下，将鼠笼勾勒得格外清晰。人群开始骚动，管儿工汉多斯最先叫起来，老五，你真他妈有种，丫说一对儿，你就真给他抓一对儿，绝了！老邝头，老邝头，听说你儿子明天回来的啦？丹尼尔立刻抢白道，我说蜜蜜花，你有病呀，人家说抓鼠王，你提儿子干屎？做啥不好提啦，你关心鼠王我关心他儿子不行吗？修道院的神父和嬷嬷们站在马路一侧，闹鼠灾时他们祈祷，现在依然祈祷。安东尼也在人群中，他远远望着邝老五不做声，与平日风格判若两人。汉多斯接着喊道，保尔森呢，律师保尔森在哪儿？这一喊，让原本躲在后面的律师保尔森不得不挪到前边来。不错嘛，邝老五不错嘛，他面带迟疑，模棱两可打着马虎眼。安静，安静些街坊们，尊敬的保大律师，你今天必须给我邝老五一个说法儿！终于，邝老五对律师保尔森提出挑战。好好，听大家的，我一人说了不算，你们说，这算不算鼠王？算吧，我看算！周围有人回答。好吧，既然大家都这么说，那就……

　　不能算！那不是鼠王，邝老五是骗子！

　　突然一声人喊，只见钱斯基拽着嘎嘎咕走到邝老五面前。自被邝老五撺出洗笼钱斯基就一直想，到底在何处见过这两只鼠笼？想来想去，喷儿一下他终于想起来了。钱斯基这人很执着，只要想做的事总有办法，没做不成的，好像上帝老站在他一边。他记得曾看到过嘎嘎咕编制这种笼子，会不会是嘎嘎咕给邝老五的？如果是，鼠王又打哪儿来的？邝老五怎么抓到的呢？他立刻找到嘎嘎咕，威逼利诱，毕竟他是嘎嘎咕的老板，手段有的是，终于迫使嘎嘎咕说出了鼠王真相。奴隶毕竟是奴隶，奴隶可以暴动，但坐不了江山，他们缺乏自觉，没有信仰，因此也没有意志和忠诚，很难指望他们坚持什么。

人们被这声叫喊搞蒙了，面面相觑。只有钱斯基的高音激情颤抖着，仿佛全世界的正义都集中在他身上。他不断提问着嘎嘎咕，盐打哪儿咸醋打哪儿酸，你说呀，接着说，老邝头手里那笼小的也是你给他的吧？嘎嘎咕点点头。他要小的干什么？嘎嘎咕又摇摇头。钱斯基最后说：邝老五欺骗了咱水獭街，他必须赔偿。我建议，没收他全部财产，将他儿子提起公诉送内华达州服苦役。钱斯基话音乍落，人群开始浮荡，空气中散发着嗡嗡的震动。邝老五被这突发事件惊呆了。他的酒劲儿尚在，并不恐惧。让他崩溃的与其是钱斯基不如说是嘎嘎咕。他质视着嘎嘎咕，只有出气儿，没有进气儿。

然而就在这个褃节儿上，水獭街突然发出喧嚣。人们看到一位丰腴的年轻女子，手持长枪，高声叫骂着冲向钱斯基，"钱斯基，你王八蛋，我要杀了你！"是安美丽，人们认出这是安美丽。她脸上淌着血，面容完全扭曲了，披头散发，浑身衣裳被撕得七零八落，简直像个疯婆子，只有滚圆的肚子让人看出她是个即将做母亲的女人。原来，安东尼怕女儿在公众场所破坏钱斯基的计划，竟将她锁在地下室里。安美丽是砸破窗户钻出来的。地下室窗户较小，她人又大，所以脸和衣服全擦破了。刚出门就听人说，快去看看吧，钱斯基又找邝老五麻烦呢！安美丽马上返回头四处寻枪，那支猎枪已被安东尼带走，于是便抄起另一支冲到马路上。她并未留意，或许根本不懂，这是一支霰弹枪。

一切都很快，都是运动中的瞬间。顷刻，安美丽已跟钱斯基几乎面对面。安美丽毫不犹豫，举枪就射。但与此同时，惊弓之鸟的钱斯基飞跨一步，死命攥住安美丽手中的枪。他俩拧成一团不分上下，时而枪口压向钱斯基，时而又转回安美丽。安美丽毕竟是女人，一个怀孕的女人，她潜意识里怕用力过度会把孩子挤出来，渐渐力不从心。奇怪的是，钱斯基并未继续将枪口对准安美丽，而是暗中指向站在马车上的邝老五！他的意图马上被邝老五察觉到，他发现钱斯基用眼角儿瞥着他，正在悄悄向他瞄准。邝老五心惊肉跳，刚想跳下车跟钱斯基拼命，只听砰的一声，枪响了！

普通猎枪与霰弹枪的区别是，前者钻个孔，后者轰个窟窿。前者的响声像放鞭炮，而后者像打雷，天崩地裂。正因为如此，枪声过后的水獭街一片宁静，宁静得像在天上，不是神马就是浮云。

邝老五最初感觉是，全身僵了，不能动，连同手中的酒坛和鼠笼，铜像般定在那里。他觉得身体正失去重量，像蒲公英一样随风挥散。他糊涂了，闹不懂怎么回事，到底发生了什么？接着，他看见一道绚烂的光柱，霓彩般通过他的躯体，照在安美丽惊恐的脸庞上。他四处寻找光源，最后发觉，那是背后的晚霞，正穿越他肚子上的大洞，向下照耀着。光线本是金黄色，因他的鲜血而衍射，形成五颜六色的彩虹状，赞美诗般飞舞飘洒。他惊讶了，甚至兴奋了，他从未想到自己竟如此神奇，能产生这么灿烂的光彩。他试图调整身体的位置，好让彩虹正好覆盖在安美丽的身上，肚子上，特别是胎儿那个部位。这边儿，好像不对，过头儿了，再往那边点儿。嗯，现在好了，刚刚好。

邝老五还想继续美下去，不幸的是，这仅仅是个愿望而已。咣叽一下他跪下来，浓厚的鲜血像严冬里屋檐上的冰凌，沿马车四周坠落。彩虹不见了，天空顷刻昏暗起来。他用最后一丝气力，将整坛的酒咕嘟咕嘟浇在老鼠身上，接着从怀里掏出火柴嚓一声点燃。火光映着他苍白的面孔，黯淡的眸子和最后的绝望。此刻安东尼已冲到前边，他本来是要搭救安美丽的，但被眼前这一幕惊得魂飞魄散。他号啕大哭起来，邝老五，老五呀，我对不起你啊！邝老五微笑着，安兄，我本想……把洗笼……送给你的。

说完，邝老五点燃老鼠，打开鼠笼。

夕阳西下，远方的晚霞被黑暗压缩成一条赤练。人们尚未从惊恐的宁静中苏醒过来，任由无数灵火般燃烧的老鼠，爆米花一样，在水獭街晶莹的台阶路面上激情跳跃，最后消失在马路两侧的大小店铺中，像庆典的尾声，或奔放的藏族舞蹈巴扎嘿，是焰火升空又落下，是充满神秘的文化符号在金蛇狂舞，无论生死，更不分天上地下。

是夜，水獭街一片火海。

9

几代人，过去了。

文明史上，大火往往是用来清零的。阿房宫大火。罗马大火。重建后的水獭街，高楼林立更显繁荣。这里几乎找不到任何历史的蛛丝马迹，一切都与曾经发生过的毫不相关。不过，也未必。

这天，一位高大英俊的年轻人来到水獭街。从相貌上看他是白人，深眼窝高鼻梁，还有白皙的皮肤，都一丝不苟。但黑头发黑眼睛，怎么看怎么有东方人的韵味。他头戴礼帽，衣着讲究入时，看去是位受过良好教育的先生。只见他手持一份发黄的文件和几张旧照片，边走边看，停停走走。一不留神，照片撒落地上，其中一张上面是个店铺，横匾写着"邝记洗笼"。年轻人俯身欲拾照片，发现不远处垃圾箱边，一只黄黑色老鼠，像老相识一样十分专注地盯着他，让他为之一震。他最后在一座楼宇前驻足。有人将一位小嗓儿男人推到他面前，说，他是房主。

你好，我姓邝。

你好你好，兄弟姓钱。

这座楼是你的？

干吗这座呀，整条水獭街都是兄弟的。

都是你的？

没错，祖宗留下来的。

这里，还有老鼠？

你，你怎么知道的，你丫谁呀？

……

2011年10月7日　于纽约随波斋

收笔之际，惊闻美国国会恰于今天通过法案，为当年充满种族歧视的《排华法案》，向所有美国华人道歉。扶窗西望，凭月临风，浮想联翩，潸然泪下。

跟尼摩船长出海

那年我考上纽约石溪大学邵逸夫奖学金，开始攻读管理工程学学位。没想到遇上个叫尼摩船长的大老美，这孙子专跟我过不去，变着法儿找我麻烦，搞得老子差点儿被开除学籍！靠，我也没饶了他，坚决跟丫死磕，必须的呀。

1

是这么回事，这学期我选了詹姆斯教授"经济工程学"的课，尼摩船长是我同班同学。他的名字跟法国作家儒勒·凡尔纳的小说《海底两万里》中的主人公完全相同。更巧的是，尼摩船长也好玩儿船，还拥有一艘奥斯汀号单桅帆船。他祖上是法国海军的舰长，战死在与美国争夺新奥尔良的海战中，因此大家都叫他尼摩船长。这小子英俊傲慢，谁都不放眼里，更别说我这个中国留学生。那天路上迎面碰到他和琼，琼是我们班大美女，洁白如玉健朗挺拔，琼都跟我打招呼，嗨，彼得！他却昂首而过装看不见，真够德行的。

不理丫的。修这门课咱冲的是詹姆斯教授，他是美国著名经济学家，曾担任卡特政府的经济管理委员会委员，退休后来石溪大学兼这门研究生的课。赴美前我就听说过他，还读过他的名著《发展经济学》。当年灯市口锡拉胡同有家外文书店专卖翻版外文书，我这本《发展经济学》就在那儿买的。只要能听詹姆斯教授的课，爱谁谁，理不理我无所谓，你丫谁呀，不过是美国海军的手下败将，那时美国有个屁海军呀，几条从英国人手里缴获的烂船，愣把曾消灭西班牙荷兰联合舰队的法国海军打败，亲耐的法国同志，你的名字就叫过气。

那天上课前，几个同学又在走廊里围着尼摩船长听他神侃航海趣闻。他兴奋的面庞浸出油彩，蓝色T恤衫被腹肌撑出阵地般壁垒状。只见他舞动双臂，像合唱指挥高声渲染着，知道吗，长岛湾的海水很咸，连着大西洋，打这儿一猛子就能扎到利物浦。大家一阵哄笑。我正好路过，便随口开个玩笑，何止利物浦，全世界的水都通着，一猛子扎到上海也说不定。我本想跟尼摩船长打招呼，毕竟同学，没必要老抻着，但正面取悦他太给他脸，他太骄傲，不如来个自然熟，谁也不丢面子。我话音刚落，琼马上接我话腿儿，彼得说得对，弄不好还迪拜呢。大家又一阵哄笑。尼摩船长颇感意外，他从人缝中瞄我一眼，我看到他眼睛，他也看到我的，四目相视，我刚想对他微笑，他却用眼帘把我一撇，是撇不是瞥哟，啪！继续刚才的谈话，显然他拒绝了我的好意。

嘿，臭丫挺的！

他正吹上周末穿越瓦登河入海口的事，他的船遭遇乱流，奥斯汀号被浪头掀起几呈九十度，差点儿将他抛进海里。尼摩船长的口气很夸张，像演话剧，欧买嘎，这下我末日到了，上帝啊，说时迟那时快，只见又一个浪头把船推回来，多亏事先增加了配重，否则非翻不可，把我吓的呀，赶紧调整首帆火速脱离瓦登河口。后来呢？那个叫未逢的中国女生问，未逢长得很像张曼玉，她看尼摩船长的表情很萌，比如"后来呢"，她看我时从不这样。

这句"后来呢"让尼摩船长十分受用，他颧骨泛起坤式红润，身体也悬浮起来。不过我对他的描述不以为然，哄哄小女生罢了，可骗不了爷。爷是谁，还他娘用眼睛瞥我，傻不傻呀，你以为就你玩儿过船，爷当年跟老史出海捕龙虾，整个长岛湾跑遍了，别说瓦登河口，连与百慕大三角齐名的"勃朗姆三角"危险海域都接近过，最远到达北大西洋上的葡萄园岛，即小肯尼迪驾机失事的海面。那天晚上老史来电话，非让我跟他去葡萄园岛寻找飞机残骸。这个意大利裔老头悲伤地说，小家伙肯定被人害的，快跟我走，看能出把子力不？他称小肯尼迪"小家伙"，像喊儿子，那时我才知道肯尼迪家族在美国人心中的分量。

长岛这地方既无高山也没大河，尼摩船长说的瓦登河位于长岛东段，虽说不大，但入海口的情况比较复杂。一是靠近勃朗姆三角，平添神秘色彩。另外我听老史说，海底的流沙变化莫测忽高忽低，像滚雷阵到处窜。加上海流走向与潮汐相抵，很难把握。所以大船不能靠近，小船又吃不住，一般没人到那儿去。海上出事不像陆地，出事就要命，像这晚秋时节，海水冷到骨头，掉进去基本就歇菜了。尼摩船长说他仅凭调整首帆，首帆是方向帆，主帆是动力帆，靠自然风闯瓦登河口？吹吧你！我顶着门儿问他：

你没用马达？
没用。
奥斯汀上没装马达吗？
你谁呀，你管着吗！

靠，丫急了。尼摩船长脸色很难看，眉眼发红，整个恼羞成怒。幸好这时上课了，同学们面带迟疑，搞不懂为何他会发火，目光茫然在我俩间回旋。他们不大了解，帆船是风的艺术，海浪的艺术，平衡的艺术，航海的感觉跟飞翔完全相同，当你随自然力信马由缰恣意挥洒，那才是天人合一的境界。听过克拉斯唱的那首《我在航行》吗？扫拉斗斗，米扫拉拉，我在航行，我在飞翔，跨越大海飞过蓝天，即便死亡也无法阻挡。那是种人生境界，当东方正华山论剑，西方已难酬蹈海，所以玩儿帆船最忌讳被人说用马达，如啐其面，那还是艺术，还算真本事吗，跟靠伟哥做爱差不多，正经玩家根本不装这东西。

我的提问像一记闷棍，敲山震虎，直刺尼摩船长软肋，因为他回避了马达问题。另一方面，若其他人也罢，他肯定没想到提问的是个既没航母，又冲不破第一岛链的中国人，中国有海吗，有也是养鱼的，竟敢跟法国船长拔份，侃蓝色命题？尼摩船长想不通，甚至感到羞辱，整堂课都低头不语。看着他这副尴尬的样子，我心里既有酣畅的高潮感，让你丫嚣张！也有莫名的惘然。我有些沮丧，遗憾的情怀冉冉上升，你真无可救药，到哪儿都这么好斗，吃过多少亏呀，你爹你娘你老师你朋友，个个儿为此骂过你，就改不掉！我凝视窗外，窗页轻轻随风摇动，秋风像把柔韧的梳子梳理着我的寸关尺，砰砰作响。

可话又说回来，虽然尼摩船长跟我无缘，但堤外损失堤内补，詹姆斯教授却很对我脾气。那天讲管理思想史时，他出人意料谈到马克思剩余价值论，还试图列出资本运行公式和剩余价值率公式。我大喜，这是咱强项啊，丫尼摩船长肯定不灵。美国学生对马克思的了解十分有限，学校虽开设马克思哲学和经济学的课程，但选修者不多。当然也有例外，我在俄亥俄大学读国际事务学时，有一次去舒马克教授的办公室，只见一张恩格斯头像，铺天盖地耸立其后。恩格斯怎么在这儿？我脱口而出。舒马克教授审视着我说，他为何不能在这儿？我甚窘，忙说对不起，我只是好奇。那时我刚到美国，生怕因认知差距被当地人误解，给自己平添烦恼，所以难免装装孙子，好像对马克思主义知之不多，其实没必要。舒马克教授来自德国莱比锡，那里是国际工人运动的发祥地，或许这对他的思想情感有影响，但美国大学里像他这样的左翼学者虽不算主流，却不乏其人。

詹姆斯教授本想给出的公式应为：

$$G' = G + \triangle G \text{（资本运行公式）}$$
$$M' = M / V \text{（剩余价值率公式）}$$

可写到一半他迟疑了，不知 M 在前还是 V 在前。他很不简单了，这些板书让我想起当年在人民大学听卫兴华教授的课，万没想到类似情景竟在美国重演。我刚要举手，詹姆斯教授先开了口，有中国同学吗？有！我站起来，目光朝尼摩船长扫去，心说亲耐的法国同志，您来这个，有吗？尼摩船长坐我前面，我路过时故意蹭了他一下，椅背上的外套落在地上。我捡起来先问旁边的琼，她对我一直很友善。你的？嗯嗯。琼摇头一笑。那就是你的喽？说罢我看也不看将衣服放在尼摩船长手上，走上讲台。我感到他的目光滑过我的脊梁，拔凉拔凉。

我接过詹姆斯教授手中的粉笔，在黑板上夸张地写下：

$$M' = M / V$$

我还特意注明 V 是必要劳动时间，M 是剩余劳动时间，两者之比即剩余价值率。詹姆斯教授带头为我鼓起掌来，全班掌声一片，随即又停了，因为尼摩船长的手好像没动。琼却不管这套，她在掌声稀落后又特意鼓了几下，啪啪啪，格外清脆。看得出她不待见尼摩船长，谁都知道尼摩船长在追求她，每次下课都想开车送她回家，总没成。我相信琼鼓掌是做给船长看的，不是因为我。但尼摩船长很敏感，他用晦涩的眼神在我与琼之间点射。拜托，别胡思乱想好不好？只见他随琼也鼓了几下掌，接着迅速举手提问。詹姆斯教授，您这些公式要考吗？

您这些？我敲锣打鼓忙活半天，合着没我什么事，看来不服啊。不过我倒挺欣赏他的问题，时机重点恰到好处，美国人有天生应对忧患的本能，从不错过在第一时间发声。我们总吹嘘"每个人发出最后的吼声"，而真正管用的是"最初的吼声"，越早越主动。詹姆斯教授摇摇头，不考，只介绍一下。尼摩船长一声长啸，噢，不考喽，他白瞎喽？有人也跟着哄，噢，白瞎喽，其中就有未逢。我情不自禁朝琼瞟去，她望着我没出声。本来我很遗憾，恨不得能把他们都考得满地找牙，但很快释然了，不考不考吧，否则琼也会作难。

那时石溪大学的中国留学生寥寥无几，基本都住在一个叫"十六段"的公寓区，包括未逢。未逢有一绝，她烤的点心女人味十足，像她的名字，恨不相逢未嫁时，丝绸般柔软，直抵心田。起初以为她就是点心，点心就是她，实际并非如此，起码对我不是。自打与尼摩船长发生冲突，还没听哪位同胞声援我。即便开口也劝我隐忍，心字头上一把刀，小不忍则乱大谋，好像中国人只配装孙子，就不该坦荡活一把。尤其这个未逢，还公然数落我，王彼得侬搞得好吧，尼摩船长也好得罪的啦，侬好跟人家比的啦。我跟她开玩笑，小未呀，恨不相逢同志，你怎么从不跟哥说"后来呢"？来，跟哥说一把。未逢涨红脸，侬下流坏！气得扭头走了。我欣赏她诗情画意的名字，她母亲必

纽约石溪大学

是深情女人，未逢不随娘。

那天课间休息时，我捧着在锡拉胡同买的那本《发展经济学》，请詹姆斯教授签字，向他表示敬意。詹姆斯教授微微一怔，把我的书翻来覆去看，随即表情舒缓下来。我正感纳闷儿，只听他自言道，没关系，中国人能看到就好。说着在扉页签上他的名字。他还特意将我拉至一侧，询问中国经济改革的现状。我虽出国有年，对当时中国改革的形势还略知一二。我对他说，中国经济改革正进入阵痛期，所有制改革能否转化为市场机制，这对中国社会未来的走向影响深远，建立一个朝气蓬勃、规范的内需市场将是改革的关键。我本想多聊几句，可惜上课了。詹姆斯教授说，彼得，你的话很有意思，我们再聊。

下课时就觉得不对？猛回首，发现尼摩船长和几个同学正在嘀咕，好像议论着我。他们说，我用盗版书让詹姆斯教授签字是对老师不敬，很不道德。琼则质疑尼摩船长，有这么严重吗，分明小题大做。尼摩船长反驳说，中国人的盗版跟当年日本人一模一样，这怎是小题大做！听到此我非常气愤，众所周知，上世纪八十年代中国人对版权问题尚不敏感，我明明向詹姆斯教授表示敬意，怎么就不道德了？你骂我也罢，提中国干吗，还说跟日本一样，日本侵我国土杀我同胞至今仍不道歉，怎么就跟它一样？我极力克制自己，上次把尼摩船长整惨了，他这辈子都没栽过那么大跟头，肯定苦大仇深。要不咱忍了，给他个发泄机会，以图日后相安无事？我慢慢向教室外踱去，心中格外挣扎。

走出教室时，我看到琼匆匆的背影，她的长发左摇右晃，一看就很激动。我觉得有口热热的顶住嗓子，憋得喘不上气。尼摩船长在骂所有中国人，所有中国同学，包括向他献媚的未逢，连琼这么美丽的女人都被他抢白，这个混蛋玩意儿！罢了，娄子是咱捅的，挨骂的却是大家，我忍了他们怎么办，别说中国同学，琼也会看不起你！想到此我紧赶几步追上尼摩船长，等一下，你刚才是说我吗？他一愣，马上镇静下来。没错，我正是说你王彼得，你叫王彼得吧，你让詹姆斯教授签字的那本书是不是盗版的？盗版，什么意思，我向他表示敬意有错吗？尼摩船长的表情庄严起来，他用清教徒般的口吻教训道，保护著作版权是法律，也是人类道德底线，你用盗版书让教授签字就是不尊重人家，甚至违法，难道连这你都不懂？你们中国人简直不可理喻！

我脑浆子咣一下炸开，跟麻雷子似的，整个人都大卸八块儿。什么？你丫给我说清楚，我怎么就不道德了，怎么就违法了，你吓唬孩子哪，詹姆斯教授字都签了，你看，你看，他都没说什么，你他妈管着吗，如果他觉得我不尊重，还会签字吗？这么简单的道理你都不明白，你才不可理喻呢！

就这么一大串儿，机关枪似的脱口而出。本来我想控制自己，被尼摩船长这么一激，道德啊，法啊，满完。如果说上次我提到马达刺痛他的软肋，他此刻提盗版也刺痛我的软肋，算报了一箭之仇。我急眼还因为对盗版这事心中没底，不明白一本书怎会有这么多说道，所以先火力侦察侦察，看他意欲何为？文明的互换就靠虚张声势，光和风细雨不行，不触及灵魂什么鸟用没有。可尼摩船长仍深浅莫测，他说，听着王彼得，詹姆斯签字是他心肠好，不等于你对。你们中国人千万别学日本，用模仿我们的东西欺骗我们，这等于偷窃，请自重！

你大爷的，这是要砸明火呀！

后来想起来，尼摩船长最后这句话似有鸣金之意。一般用"请自重"结尾往往含有到此为止的暗扣儿。他只为报马达之仇，重塑在全班的权威地位，只要不再找茬儿这事就过去了。可彼时彼刻咱绝不这么想，就觉得他是砸明火，"中国人"这几个字打他嘴里喷出来就让我难以忍受，就必须反击！你丫欺负我们朝中无人怎么着，拿爷当雏儿哪，老子在西弗吉尼亚深山里伐过木，在北大西洋上捕过龙虾，什么风浪没见过，说我违法，冲你刚才那些话就能告你种族歧视！当年我十分喜欢儒勒·凡尔纳的《海底两万里》，那是我的青春启蒙，没想到此刻会与尼摩船长开战。我模仿他说话的范儿宣布：你刚才的言论已涉嫌种族歧视，必须道歉，否则我向校方投诉你。

尼摩船长一愣，马上色厉内荏地说，好啊，我也正想把你使用盗版书的问题向教务处反映，咱走着瞧！说罢他把外套往肩上一抢，挺胸欲行。

　　　等等儿，说你呢。
　　　你想干什么？
　　　听说过儒勒·凡尔纳吗？
　　　儒什么？没有。

傻二，你丫连祖宗是谁都不知道。我心说。

2

晚秋的长岛变幻莫测，气温像海浪一样跌宕不定，昨天还暖洋洋，今天就可能穿棉袄。在这里住久了，你会对"一方水土一方人"的说法有更深的感受。气候、环境、土地、海洋（没海洋江河也行），尤其后两样儿，才是决定性的。而所谓人文明，不过是派生物而已。就像种庄稼，人本质上其实是从水土里拱出来的，跟韭菜大葱完全一回事，我和尼摩船长就是大葱与洋葱的关系，都觉得自己是棵葱，正好葱爆肉，大葱爆还是洋葱爆，于是谁也不服谁。

恰逢周末，我整个儿一个头大！投诉尼摩船长的宣言业已发出，可向谁投诉怎么投诉，心里一点儿底都没有。得防他恶人先告状吧，要让尼摩船长抢先咱就被动了。可我没干过这事，别说在美国，在中国也没干过。现在临门一脚，边锋把球传给你了，该射门了，才发现问题并不那么简单。你得找法律依据吧，凭什么说人家种族歧视？还得有证人吧？娘的，别提证人这事儿，气死谁，我问他们几个中国同学，愣没一个肯出来作证的，都说没听清人家说什么。

他一句一个中国人不道德没听清？
没听清，真没听清。
他说中国人像日本没听清？
我怎么听清了，你老盯我干吗？

瞅瞅，啊，瞅瞅你们这帮人！特别那个未逢，伤透我心。我其实一直很喜欢她，张曼玉的脸蛋加诗情画意的名字都充满女人味，让我情不自禁，甚至她屡屡向我的"敌人"献媚我都不计较。我有个怪异的愿望，想见见她妈妈，一想到她妈妈，就把她所有庸俗之处全忽略了。人很奇怪，男女之间一本糊涂账，根本说不清，幸福都是相似的，而不幸却各有各的烂账。未逢一听我让她作证，咣地就火了，她一急就有点儿小结巴，侬侬，侬搞得好吧，我不让侬得罪尼摩船长侬偏不听，现在好了，侬搞不定了，还要拖阿拉下水，侬做啥这么黑心肠的啦！把我气得哟，行，行你，彻底对她绝望。

那，就只有琼了？

坦率讲，琼的影子从未离开我的脑海，未逢拒绝我之前就想过找她。想琼的感觉有些异样，像用千里镜窥望。不是望远镜是千里镜，即甲午海战中邓世昌邓管带使用的那种铜制单筒镜，纯手工打造，满载制作者匠心独具的感受，与其说是工具不如说是艺术品。这恰似我想琼时的感觉，如细细打磨一件工艺品，感受着却并不追求结果，向镜筒里深深窥望，最初看到的是张曼玉和未逢，随着焦点慢慢调整，渐渐清晰的确是琼的身影，飘动的长发，洁白如玉健朗挺拔。

这是种形而上的心境，与投诉无关。我宁愿将琼与现实隔开，我怕过于具体的问题会让梦境折断。人的脆弱往往表现为回避现实，而现实又坚硬无比，能将任何梦境碾碎。我目前的现实是寻找证人，否则寸步难行。如果想把"官司"打下去，琼怕是唯一选择。尽管没太大把握，如果她也不肯，这事恐怕就，不，即便不肯我仍会坚持到底。这个信念将我一步步推向琼，离她越近梦幻越少，最后索性像拉闸一样，音乐停止灯光变暗，心也坚定粗糙起来，任何坚定必须是粗糙的！我不再多想，直奔图书馆四楼靠窗的那个座位而去，琼总在那里读书，窗前有棵高大碧绿的白杨树，我不能让温情绊住脚步，漂泊不相信温情。

于是直奔主题。

琼，你好，我需要你为我作证！

你是说尼摩船长吗？

对，我要投诉他种族歧视，说到做到！

彼得，我知道你的感受，如果有人问我，我会如实讲出当时的情景。

那你答应啦？

你可以这样理解，不过彼得，非要投诉吗？

非要!

尼摩船长那些话的确很不对,无事生非,可除此就没其他沟通的余地?

没有,我咽不下这口气!

彼得,你再想想,有什么需要我的尽管找我。

谢谢你琼!

没关系,希望这事尽快过去,希望下次我们聊的不是这个,而是别的什么。

别的什么,功课吗?说实在的,我现在不想功课的事,不能分心。给詹姆斯教授的论文提纲还没弄完。还有欧文教授的系统论作业,他要求根据系统构成五要素编制一个地方政府的税收流程。另外妮可教授的英文作业,让模仿诗人戴维佛瑞的作品写一首英文诗。买嘎德,这都哪儿焊哪儿呀,怎么连诗歌都出来了,我哪有心思写诗啊,要写就写"驾长车踏破贺兰山缺朝天厥"吧。我强迫自己镇静,停,都给老子打住,证人问题已经解决,下面两小时,要集中精力攻下学校的管理手册,弄清投诉方式和流程,其他都再说!

琼答应作证,让我的心情大为改观。为了安静,更为抓紧时间,我顾不上与她多聊,拿着书驱车直奔石溪海滩。石溪大学在那里有片自己的浴场,是当年长岛富豪戴维斯家族捐赠的,连同一栋紫砖砌成的二层建筑。该楼宇早已废弃,精美的紫砖围墙像烂泥一样坍塌蔓延,令人浮想联翩。小时候我在天津民园一带的衡阳路上见过这种紫砖,据说十分昂贵,来自英国的伯明翰,只有那里才出这种砖。我之所以爱来这里读书,一是因为这儿人少,精力集中。还有就是每每凝望这些废墟,心底都荡漾着时光岁月的深情回响。任何豪奢与尊贵,只有变成废墟才有人情味儿,才有诗意,废墟是光阴的雕塑,历史的艺术。

此时已很少有人玩儿船了。气温虽有起伏，但海水温度直线变冷，海水的冷是没商量的，直逼骨髓，所以游船基本都收了。石溪港南侧有片停船场，专门有人帮船主清洗保养船只，再用塑料布像包火腿一样把船扎起来，排排停放，待来年开春再用。当年我和老史出海时，也是四月一日升火起锚，到十一月一日正式停航，喧嚣的码头那一刻呀，哗就静了，像百老汇散场一样。

黄昏的海面笔直又舒缓地横陈在我面前，恣意挥洒。浓烈的落日被海水放大得铺天盖地，像万花筒，也像哭泣一样令人动容。我的目光，被一个虚拟的终极目标牵引，伸向远方。这是长岛湾一年中最妩媚的时刻，只有收获的季节，成熟的季节，海水才如此丰盈多情。仿佛女人，只有收获季节的女人，成熟欲滴的女人才真正懂得温柔。海风很凉了，它把遥远的汽笛声轻轻推向我的脸庞，仿佛冰可乐的瓶子擦过面颊，惊异又爽朗。浪花从深处赶来，漫过我的赤足，宛如衷情的追求者一波波向我倾吐。我想到尼摩船长，不禁弯腰尝了口海水，的确非常苦涩。尝海的感觉与看海不同，分量和质感是很难看出来的。无论男人女人包括尼摩船长，只有尝过才知，他们究竟是顶着门儿的手枪，还是柔软的指甲油。我情不自禁站起来，绷直身体打开胸襟，从最本质的地方体验岁月轮回时光如晦的男性感觉。此刻我需要这种感觉，就像需要空气一样。憋住这口气，我就敢一猛子扎进海里，看看冒出来的地方到底是利物浦还是上海。

3

周一一早，该上班的上班，该上课的上课。有人对我说，彼得，办事千万别选周一上午，这时人们尚未从周末的悠闲中苏醒过来，烦着呢，心理学家把这称为"周一蓝"，蓝在英语里有抑郁之意，周一的抑郁，此时办事成功率极低。那什么时候办？最好周五，号称"周五闲"，心里在想周末的好事，有期盼就有愉快，不成的都能办成。嗯，听着好像有理，可我管不了这些，对我来说时间就是一切，宁撞周一蓝不等周五闲，周五连黄瓜菜都凉了，原告变被告，处女变妓女了。说这种话的恐怕是尼摩船长的卧底，想为他赢得时间，这套小把戏还想瞒住爷？有道是你有迷魂阵，爷有定海针，周一上午九点顶着门儿，我正好没课，穿林海跨雪原气冲霄汉，我直奔教务长办公室而去。

教务长马克的办公室位于学校主楼一层，是里外套间，外面有位年轻女秘书和几把座椅。我趋身上前，刚向秘书小姐报上姓名她便问：有预约吗？我心说又不镶牙还预约，再说学校手册也没这条啊？我连忙解释道，是这样，我要向马克先生反映一个种族歧视问题，很严肃。可秘书小姐的表情毫无变化，像芭比娃娃只眨眼睛：有预约吗？我只得说没有。那最快可约到周五上午九点，要约吗？说着她取出一本黑皮日历，在周五上午的方格上打了个叉。娘的，窝囊死谁，真应了周一蓝的谶语，起大早赶晚集，归了包堆还是周五闲，人算不过天。

中美之间诸多差别这得算一个。中国人习惯排队，也叫挨个儿，早去在前晚去垫后。美国人讲究预约，什么都事先约好，看病预约，修车预约，打官司告状更得预约。前者你等人，后者人等你，听着很人性，其实不然。你想，凡预约者咱得就合他，甭管多急的事，得服从他的时间表。人少还行，像中国那么多人那么多事，还不等猴年马月去，绝对不现实。要讲效率就得排队，鱼贯而行，一点儿时间不糟践。我就这么胡思乱想踱出马克的办公室，试图以此冲淡心底难以名状的失落。我开始疑惑，女人的眼神竟如此冷漠，一丝温度都没有，白瞎了一对儿好奶，她管用吗？这种毫无人情味儿的环境能办人事儿吗，能主持公道吗？尼摩船长会不会抢了先？按说我预约他也得预约，应该在我后面才对吧？

周一这天凸显漫长。

就在当晚上课时分，美国大学里很多课程都安排在晚上上，我又如期看到走廊里围绕的人群。开课前十几分钟是尼摩船长的神侃时间，如前所述，他连说带比划像合唱指挥，向众人讲述他的航海趣闻。今天很怪。往日是别人围着尼摩船长，他个儿高，老远就见他的脑袋舞动于众人之上，那块额头因兴奋而充血，颇似现代京剧《红灯记》里的号志灯，闪闪发亮。今天号志灯不见了，只有窸窣的人群围成一圈儿，似离离原上草，随风东摇西晃，看不出丝毫欢悦。我感到某种不祥扑面而来，甚至断定，他们环绕的不是尼摩船长，那会是谁，为什么呢？

若平日，我会另辟蹊径绕开人群，咱犯不着受那个刺激，再听到尼摩船长胡侃瓦登河口或勃朗姆三角，是戳穿还是不戳穿他，索性离丫远点儿！而此刻的好奇心却驱使我走近他们，我要看看今天是何方神圣在此设坛，如非尼摩船长，又是谁有此等魅力把同学们聚在一起？可令人意外的是，待我上前一看，才发现大家围绕的不是别人，竟是未逢，正在啾啾哭泣的未逢。

女人的哭泣深具魔力，甭管这女人多俗多可恨，只要一哭，海棠醉日梨花带雨，任铁石心肠也化成可乐雪碧。我赶忙挤进人群，想借机安慰安慰这个极像张曼玉的小娘子。万没想到的是，未逢一见我便怒目而视叫起来：都赖侬的啦，侬摊上事体的啦，侬摊上大事体的啦！我估计她想学北京人那句口头禅，"你摊上事儿了，你摊上大事儿了"，可经她吴侬软语一改编，险些成昆曲《牡丹亭》的道白，根本没有原文的力度。不过这不重要，重要的是如下内容。

在过去的那个周末，当我忙活着投诉尼摩船长之时，人家尼摩船长开车带着未逢，孤男寡女，奔长岛东端的绿港兜风去了。兜风乃未逢原话，她说，就出去兜兜的啦。兜兜显然就是兜风。尼摩船长本善驶船，想必帆船不宜泡妞，于是改为驾车。其实泡妞就得驾车，走停两便，不耽误办事。当他们行驶在二十五号公路时，不慎陷入一群摩托党的摩托阵中，被几十辆摩托车环绕。据说当时尼摩船长正忿忿不平批判着我，他王彼得有啥了不起，一个不懂规矩的中国佬！未逢转述曰，侬侬，侬个赤佬拎勿清，瞎搞八搞扎台行。扎台行就是臭显。

尼摩船长骂兴正浓，没想一个闪失，他的前保险杠刮刚到一辆摩托车的后挡泥板上。一般说，你用前边撞人家后边，人家后边又没长眼，肯定你错。遇到这种情况只要客气些，赔点儿钱，没啥了不起，摩托车后挡泥板能值几个钱？可尼摩船长不这么想，真正扎台行的是他不是我。他对开摩托车的一顿臭骂，非说人家别他的路，反过来让人家赔他钱！坏喽，这下戗火喽，最后是猛虎不敌群狼，被摩托党人一顿暴打，车也砸了，听说有道划痕从东北至西南穿越他的面庞，缝了不少针。未逢说到这儿尤显悲怆，闷闷儿哭，破相的啦，破相侬晓得吧。此刻尼摩船长正在家中静养，头上打满绷带，肉体、精神都异常痛苦。

听罢低眉我不禁长叹，同情之心油然而生。我难以想象高傲的尼摩船长如何承受被人掌耳光的屈辱与痛楚。同时也为他悲哀，他才摊上大事呢，在美国开车惹谁都行，就不能惹摩托党，他这个地头蛇还不如我外来户懂吗？当年在俄亥俄读书时，俄亥俄是摩托党的重镇，舒马克教授对我讲过美国摩托党的事，令我震惊难忘。所谓摩托党绝非乌合之众一时兴起，而是组织严密层次分明的国际性帮派群体。他们经营地下妓院，毒品买卖，贩卖人口，具有很强的种族色彩，参加者清一色是白人。他们号称法外骑士为所欲为，成员遍布北美欧洲，最著名的团体有"地狱天使""蒙古人"和"哈雷组合"等。尼摩船长真算幸运，若是有色人种，比如我，漫说破相，恐怕小命儿都难保，绝对死定了。

未逢的哭诉间接宣布了她与尼摩船长的暧昧，为此我还是很郁闷的。尼摩船长那辆克莱斯勒越野车的后座十分宽敞，足以当他俩的洞房，如花似玉的"张曼玉"在块垒胸肌的洋人怀中丝丝嘤咛，你大爷的，国人这几块细料都他妈便宜洋鬼子了，想想心里窝囊。

尽管如此，好男不跟女斗，我还是诚恳地问她，你自己呢，他们没对你怎样吧？要说未逢这小蹄子也真不懂事，莫非堕入情网的女人都偏执乖张。她对我的同情不屑一顾，依然梨花带雨，含着刚才那半滴泪水揶揄道，别装啦，侬这下称心如意了，侬不是要投诉尼摩船长吗，去呀，别在这里假惺惺的啦。未逢这些话用的是英文，英格里希，还当着那么多同学的面，就像当年围剿太平天国，骆秉章追击石达开，把他顶到大渡河边动弹不得。这显然逼爷表态，用舆论向老子施压，逼我退出与尼摩船长的较量。想到尼摩船长的惨境心中不忍，放弃投诉不是不可能，那我也得当着尼摩船长的面宣布，让他感到中国人宽阔的胸怀。用这种激将法本身就对爷不敬，尤其让我在这个被洋人操翻的女子面前表态，我岂能甘心？我盯着她的半滴泪水淡淡说，未逢，请冷静点儿，你这么说不公平，我跟尼摩船长的遭遇毫无关系。我也用英文，言罢旋身而去。

4

与琼在图书馆的交谈可谓破冰之旅，也称处女航。一破一处，破处的本意未必下流，它仅表示旧状态的结束和新状态的开始，以此描述我与琼的关系蛮贴切的。起初是隔空喊话，用不沾边的话题互通款曲。要么无语凝望，北京人叫"犯照儿"，学名是秋波流汇，你看我我瞄你，夜朦胧鸟朦胧，弄不清啥意思。男女之间只要没抄家伙就什么都不算。若想交往，甭管什么目的，光抻着不行，必须接触，否则永无机会。我跟琼就是这样，自上次交谈后，死水变成活水，我们见面开始多起来，为有源头活水来，我爱死活水了。

交谈中得知，琼的父亲是哥伦比亚大学人类学教授，专攻玛雅文明。顺便提一句，人类学作为学科第一次被确认就是在哥大，哥大诞生了历史上第一个人类学专业。或许受家庭的影响，琼是个善于接受新事物的人，这与大多数美国年轻人不同。美国年轻人往往除了专业那点儿东西，其他所知甚少，尤其对东方，几乎为零。你问他中国多大，位置在哪，基本搞不清。这还不算，他还反讥你，不知道又怎样，我为何非知道这些？文明的傲慢恣肆于唇齿之间，估计当年罗马帝国的公民对希腊人、腓尼基人也这么说话。

琼不这样，一点儿不。我对她说起我的家世，她会目不转睛盯着我。上次跟她提到张勋复辟帝制，第一个架炮轰击张勋的就是我的外祖父。还有中国抗战，为何我无法忍受尼摩船长说我像日本人？日本鬼子不仅杀害了无数中国平民，还杀了我姑姑，杀了我父亲的未婚妻，并差点儿杀了我父亲，他是藏在一群羊的肚子底下才躲过杀戮的。羊肚子，底下？羊肚子底下！

与此同时，前边提到的妮可教授的英文作业，就是模仿戴维佛瑞的作品写首英文诗歌，也是我和琼一起完成的。那天是她主动问我如何理解戴维佛瑞的诗歌？我说戴维佛瑞有些象征主义色彩，喜欢用模块式语言固化情感，再通过某种物体表达出来，以物体象征心境。比如：

薄雾亲吻着熟睡的海面

　　　　汽笛惊醒了水手的沉鼾

　　　　黎明，像一段失而复得的记忆

　　　　在孤独的桅杆上轻轻低旋

　　　　巴尔的摩港湾

　　　　我是你怀中的一只沉船

　　在这首诗里，海面、水手、桅杆，这些物体固化着沉重的情感，而且沉重得很朦胧，像浮在海面上的薄雾，像水手的鼾声梦境。最后，再将自己象征为港湾的沉船，顺理成章无可救药，把这种沉重推入海底。我脱口而出朗朗如泉，就得侃晕她，连嗑绊儿都不能打。琼呆呆望着我，急忙翻书寻找这首诗。别找了，找也白找。为什么？这不是戴维佛瑞的。那是谁的？我的，王彼得的。你的？欧买嘎，比老戴的还美！

　　有人说过，诗歌是女人的陷阱。少女情怀总是诗，你没事跟臭男人侃诗不有病吗，是非常危险的举动。男性荷尔蒙是高压式的，爆发力强宜于写诗，哗就出来，跟射精一样。而女性荷尔蒙是坚韧式的，拉不断，绵绵无绝期，一旦发力后果不堪设想。那是女人最脆弱的部分，像蛇的七寸，让人掐住七寸还有戏吗，不赕等着被拉床上去？

　　更何况诗歌是我的秘密武器，我的爱国者飞弹，当年如火如荼的朦胧诗运动就有兄弟一份，虽非主将也算偏锋，不是姜维也算廖化，曾几何时的那些民间刊物，像《今天》《未名湖》《锤与砧》等，都有我的诗迹。自选了妮可教授这门课后，我就期待着与琼分享，我渴望把自己最美的一面展现在她面前，让她体尝一个东方男子的浪漫柔情。前边所说的什么没心思写诗，什么买嘎德哪儿焊哪儿，都是装的，或是被尼摩船长逼的，其实我早选好了几首旧作，精益求精地译成英文以备急用。怎么样，不搭不配，撞老子枪口上了吧。

不过一开始并没想到床，比较保守，微醺的美感已让我陶醉，正如精心打造一件工艺品，沉醉却不苛求结果，现在看来，还是思想不够解放。随着"诗歌运动"深入展开，我发现比起中国女孩儿，琼更真诚坦荡。她从未因自己的美丽而卖萌装逼，没错，就这个字，否则无法表达该意，她知道自己美丽，却不会因此而兜售什么。香港歌曲《潇洒走一回》劝女人用青春赌明天，一个赌字道尽女人的世俗卑微。琼没这种轻佻自悲的姨太太味儿，她把今天看得比未来重要，把靠自己看得比靠男人重要，举手投足散发着浓浓的独立人格，充满弹性，让我既敬又爱。我觉得她比未逢朴实，真正的美好一定是朴实的，她未必会烤点心，但绝不会装萌问"后来呢"，她没那么复杂。

最终决定把她拉上床，除了对她真心倾慕外，尼摩船长对未逢的得手也起了催化作用。很简单，你尼摩船长能把未逢拉上床，我就敢把琼拉上床。你尼摩船长原本追求琼，先来先得，我让你先走，走你，但你没弄成别赖我。我虽同情你挨打，甚至撤诉，但话咱得说清楚，你对未逢的勾引可在挨打前就开始了，未逢是爷的菜，我忙活半天，没等下手你抢先给办了，有这规矩吗，让我如何咽下这口气！因此我的决定很明确，全国总动员，万船齐发，一定把琼给我拿下。这听着对琼很不公平，好像我的爱情动机有问题，其实非也。我对琼的感情无比真诚不容怀疑。一切只是巧合而已，由此产生的合力属正能量，让我于情于理都义无反顾走向琼，目标明确轻装上阵，大踏步向前奔袭，为我的真爱奋斗。

与琼的关系渐入佳境，最终助我做出对尼摩船长撤诉的决定。琼的态度很鲜明，她不主张诉诸校方解决问题，一定把各种努力用尽再说。何况她也没把我与尼摩船长的纷争看得太重，在她看来就一句话的事，只要沟通就能解决。我能感到在此问题上我与琼的差距，那是文化或文明的重负，关乎尊严和生命意义，是琼很难理解的。好在殊途同归，我同意这个结论，出于对尼摩船长的人道同情和对琼的尊重，撤回投诉停止纷争。生活的重心毕竟正从尼摩船长转到琼，从男人转到女人，从战争转到爱情。过去皇帝结婚讲究大赦天下，图个喜庆吉利，老子撤诉就当是提前大赦天下了。

那天我向琼通报了我已撤销对尼摩船长的投诉。她听了很高兴，脸上绽出赏心悦目的微笑。当时我俩正在学校的美术馆参观罗可可风格的画展，她轻轻拐着我，呈"夫妻双双把家还"状。我们静静走过一幅幅画作，在十八世纪法国画家布歇的作品前，布歇是罗可可画派的代表人物，我故意说，布歇也太夸张了，简直下流！为何这样说？他怎能把女人的奶头画成粉红色，应该褐色才对呀！为什么，为什么不能是粉红色？琼的表情异样。

绝对比粉红色深。

那可未必。

你能证明吗？

我，我，我当然能证明。

那你证明给我看。

现在不行，但我能证明。

我没再说话，只是静静走在她的身边，堕入白日梦。白日梦的感觉正像影片《马路天使》的那首插曲，春天里来百花香，嘟哩个嘟哩个嘟哩个嘟，白日梦就是嘟哩个嘟，就是闲言碎语不要讲，表表好汉武二郎，就是心里发狂。

5

终于，尼摩船长在休养近两周后的一天，重现了。

"终于"这个副词一般指一段时间之后，一段努力之后，或一段期待之后的逻辑性结果。朱自清在《背影》中这样说："最近两年的不见，他终于忘却我的不好，只是惦记着我，惦记着我的儿子。"我用终于的原因有些复杂。我不希望尼摩船长一去不返，对于他这个对手，要么死磕，要么平等相处，但绝不希望自行消失。交往的交字是关键，任何交都期待高潮，高潮未现人没了，无疑大煞风景。我一直期待尼摩船长的归来，就像围棋大师聂卫平期待大竹英雄，巴顿将军期待"沙漠之狐"隆美尔。当然，我并不希望他立即出现，最好给我点儿时间巩固与琼的互动，能坐实最好，坐不实也要建立个战略伙伴关系，以全新的人际版图迎接尼摩船长的到来。所以一周太短，两周稍长，此刻我已希望见到尼摩船长，他的归来已属"终于"一类了。

在这之前，我其实已从未逢的谈吐中觉出尼摩船长将重返山林。那天詹姆斯教授在介绍管理方法的沿革时，提到玛雅文明在大规模人力的组织上已拥有丰富的经验。他出示一张石刻图片，说上面的铭文具有指示性功能，其目的是为协调很多人同时劳动的秩序。琼马上举手说，这是玛雅文明奥尔梅克王国的文字。琼的父亲是玛雅文明专家，想必她耳濡目染较为熟悉。我补充道，这些文字颇似中国先秦文化的甲骨文，比如天干地支一类的卜卦符号。没错，玛雅文明很可能源于东方，越来越多的发掘都指向这一点。琼又说。

没想到我与琼的一唱一和"惊艳"了身后的未逢。她小声嘀咕起来，哟哟哟哟，搞不好了，还唱起双簧啦，癞蛤蟆想吃天鹅肉！琼不懂中文，她问我，未逢说什么，她好像不开心？我本想用英文的同义语解释，又觉得会贬低自己，索性直译：

她说，有只青蛙想吃天鹅肉。

青蛙怎能吃天鹅？

是啊，我也这么说，青蛙怎能吃天鹅呢？可她原话就这样。

未逢听到我俩的对话，竟毫不客气地打断我，喂，帮帮忙啊，侬不好乱讲话啦，癞蛤蟆青蛙两桩事体，侬王彼得是癞蛤蟆不是青蛙的啦。与中文一样，英文里的青蛙和癞蛤蟆是不同的单词。未逢最后一句说的是英文，当着琼的面，搞得我十分尴尬。不过我并不生气，对她我再怎么也气不起来，怪了，连我自己都说不清。

事后我私下与未逢交涉，你没病吧小姐，张曼玉同志，你投靠洋鬼子怀抱还没说你，你倒来劲了，少搭理哥行不？未逢毫不示弱，她一点儿不怕我，侬个下流坯，侬才投靠洋鬼子石榴裙下呢，讲侬癞蛤蟆不是我发明的，大家都讲，侬摊上事体了，侬摊上大事体了，尼摩船长怎能饶过侬哦。我呵呵一笑，他还顾得上这些，让他好好养伤吧，请转达我对他的问候！侬，侬一定当心哟，尼摩船长马上就回来，他恐怕不会善罢甘休的。好啊，他不甘休我甘休行了吧，告诉他，我已撤回那个投诉，希望彼此言归于好。未逢一怔，顿了一下说，王彼得，我发现侬老单纯的，侬不会装啥洋腔吧，不好大意的啦！

果然，两天后我在人群中又见到尼摩船长那只额头。与以往不同的是，他头上仍裹着少许纱布，姿态也低调很多。由远而近听到的净是同学的问话，你怎样啊，欢迎回来，全好了吗，等等。他的回答却显得低沉厚重，听不大清。他额头晃动的频率大不如前，也不再挥舞双臂。我和琼从容向他走近，人群不知何故为我们闪开一个缺口。我与尼摩船长面对面靠拢，我看到他脸上浅浅的伤痕，根本不像未逢说的那么严重，过些时日肯定会消失的。其实男人脸上有点儿伤痕未必算破相，倒更显剽悍。我有个大学同学脸上就有一道很深的疤痕，女生像过江之鲫追求他，让我好生羡慕。女人要的就是男人那股狠劲儿，强奸强奸，不强绝成不了奸！我大步上前，一把握住尼摩船长的手。尼摩船长，很高兴又见到你。是啊，我们都等你回来呢。琼也说。让咱们的不愉快都过去吧！你知道吗，彼得已撤回投诉了。琼补充道。

在整个寒暄中，尼摩船长除了哼哈嗯啊，还有谢谢，好好，几乎就没一句囫囵话。他表情平静，看不出什么对我携琼而来的嫉妒或愤恨，仿佛一切都成竹在胸，只是嘴角那丝微笑有些怪异，因缺少情感支撑而略显刻板，让人想到国共谈判中的那些面孔。我不免疑惑，因为并未从尼摩船长的话语中觉出太多真诚，他看到琼跟我在一起竟没什么反应？换了我起码也要拉拉脸子，发火都说不定。但我还是尽量劝告自己，尼摩船长是个死要面子的人，精诚所至金石为开，只要坚定不移走和平发展的道理，就不怕开不出新局面。

与此同时，詹姆斯教授这门课也进入白热化的期中考试。他教学严谨头脑冷静，是典型的美国精英，从不搞性情中人那一套。我发现所谓"性情中人"不过是发展中国家装傻充愣掩饰虚弱的托词，发达国家绝无此说，强大使人理性，而理性让人刻薄，百多年来才占尽我们的便宜。詹姆斯教授平日很和气，但每遇裉节儿，比如考试判卷，从不手软。此外，又赶上犹太人过节，犹太新年，赎罪日，妥拉节等等，都集中在这个月。詹姆斯教授是犹太人，他下周休假外出，今天是休假前最后一课，专讲考试的复习内容，所以大家的心情都集中在课堂上，甭管刚才想什么，一旦开始上课，思路刷一下转到詹姆斯教授身上。当然，因为缺课尼摩船长可以推迟本次中考，学校允许因个人理由推迟考试达一年之久。所以他的眼神并不像我们集中在詹姆斯教授身上，而是立体巡航。我感到尼摩船长的目光像融化的哈根达斯从我头上流下，左一滴右一滴，又凉又黏。

6

没想到风云突变。

周一没课。下午我给汽车做年检刚回到宿舍，电话铃突然响起，令我意外的是，来电话的竟是那个"好奶"女秘书。她语气依然中性，没任何情感色彩和多余的话。她说，王彼得吗，教务长马克请你到他办公室来一趟。现在吗，上次与马克先生的预约不取消了吗？可女秘书坚持让我立刻去见马克，说有人反映我的某些行为涉嫌违规，要向我了解情况。还说，如果我选择不去则后果自负。后果自负？哟，这听着有点儿感情色彩了嘛。

放下电话四周寂静，厨房的龙头咚咚作响，午后斜阳的安静光泽，像巨大惊叹号斜插在我面前。我在微微颤抖，思绪奔涌，浑身仿佛燃烧起来。这不是恐惧而是激动，有种亢奋从脚底直冲云霄。好你尼摩船长，臭丫挺的，还是把老子告了，我们明明讲了和，你也接受了，却不顾江湖规矩反咬一口，你这畜生，要赶上杜月笙杜老板，非把你投黄埔江不可！也怪自己不好，早该预见到这个局面，只因听信琼的劝告，心存侥幸才坐失先机。看来洋人都不靠谱儿，跟咱绝非一种猴儿，与他们共舞一定得防着点儿，否则死无葬身之地。我越想越不平衡，为自己肤浅的宽容，为尼摩船长对我人格与诚意的蔑视，这笔账我记下了，一定让丫付出代价。激动这东西比气愤可怕，走心，全憋在胸口，只等倒计时。

但此刻能帮我摆脱困境的怕也只有洋人，即詹姆斯教授，只要他这个当事人不认为我故意羞辱他，尼摩船长再告也是白告。我直觉是，如果向他求助他能答应，他相信我的善意才签的字，他又是名人，不该出尔反尔。但詹姆斯教授正在休假联系不上，欧买嘎，看来尼摩船长正是利用詹姆斯的休假，让我前不着村后不着店，听任他的摆布，太有才了，太有战略性了。惨痛的教训是，对这种充满种族偏见的老外绝不能手软，不能放弃出击机会，出击是最好的防卫。人格不光看你多优秀，还靠意志，看你能否扛住。如果今后形势对我不利，只有熬，拼命顶住狂轰滥炸，就一定能赢得依秦伐魏，"君子报仇十年不晚"的机会。这个尼摩船长太阴险了，难怪未逢一再让我当心他，原来如此！娘的，爱咋咋，我要跟他周旋到底，一定拖到詹姆斯教授回来再说。

教务长马克的办公室很宽敞，百叶窗式的吊帘把光线切成凌乱的碎片。我坐在马克先生对面，巨大的办公桌像海峡将我们隔在两岸。他的座椅明显比我的高大，耸立的椅背从他头顶升起，像另一颗头颅俯视着我。我尽量让自己镇静，但仍感双膝在微微抖动，激烈的情绪似岩浆到处乱撞。果然，马克先声夺人，上来就说有人投诉你用盗版书让詹姆斯教授签字，有这事吗？他问。我能知道谁投诉的吗？嗯嗯，这恐怕不能告诉你，有这事吗？他又问。

我并未马上回答。在我看来，所谓是不是的问题均以定罪为目的。莎士比亚曾说"是与不是，这是个问题"。估计他老先生也吃过这种亏。此刻只有说不才能赢得机会，有机会才有公平。如果说是，齐活，人家转身定你罪，吹了，吹灯了，吹灯拔蜡了，谁还听你申辩？我审慎地答道：我认为没这事。马克的嘴角微微一抖，彼得，你得想清楚，提供虚假证词是要负责任的。马克先生，我从不说假话，如果你有证人，让他与我对质好了！我心说，你觉得那是盗版书我觉得不是，我是在金匾大字的正规书店买的，万一两国有出版协议呢，有本事你到美国国务院查去呀？我反问他，你说的这事究竟算什么罪过？如何处置？学校手册没这条啊？马克则说，这绝对是对老师的不敬，是违规行为。望着他毫无表情的面孔我才明白，原来"好奶女秘"那一套是跟他学的。

我在交谈中试图淡化马克的主题，转而向他介绍尼摩船长如何用种族歧视语言侮辱外国同学，包括我自己。马克先生，上次我预约你就为这事，记得吗？记得，为何又撤销了呢？马克问。我想给尼摩船长一个机会，每人都应有被原谅的机会对吗？不错，但是彼得，我现在必须处理对你的投诉，希望你配合。马克的语气稳定而坚持。他要澄清事实，而我则强调当时的具体背景。我对他说，我对詹姆斯教授充满敬意，等他休假回来一切将水落石出。同时，我也对所谓盗版问题也提出自己的看法。我俩你来我往，有点儿像扑蝴蝶，难免会失去交集。

就这样僵持了一会儿，马克起身，示意今天该结束了。我再次恳请他，务必等詹姆斯教授回来，当事人的意见才是关键。马克则平静地对我说：

> 彼得，我会的，不过……
> 不过什么？
> 按规定，调查期间你的奖学金……
> 我的奖学金怎么了？
> 将暂停发放，直到做出结论为止。
> 什么？

我一下蒙了，完全没想到，这不断老子粮道吗，一股热血直抵命门。奖学金每两周发一次，本周正好该发，照这么说，我马上就没钱了！据学校手册，处罚学生违规有这么几档：停发奖学金，停止注册，最后是开除学籍。合着什么都没整明白就先把我钱停了，明摆着把老子当罪犯啦，这岂止是钱的问题，简直奇耻大辱，凭什么呀！我当年荣获邵逸夫荣誉奖学金可是全校的大事，都上了石溪大学校报，通栏标题，我的名字陈列其下。怎么茬儿，这次停发我奖学金别也要登报吧，把老子大名再潇洒列一回，我岂能容你？

马克这"平静"一击将我推向失控边缘。我深感大事不妙，今天敢停我的奖学金，明天呢？这才周一，莫非他们已同詹姆斯教授联系过，想在他回来之前就定案？漂泊的生活轻得像影子，分分钟都可烟消云散！

我忍无可忍，不禁质问马克，你凭什么停我奖学金，我到底犯什么罪，你必须给我个说法！马克平静如初，我甚至觉出他在狞笑。他坚称照规矩办事，理由是，如果我被判违规，奖学金应从违规日起停发，现在暂停是避免将来追缴，学校没有追债的资源。那无辜呢？没问题，无辜也好撤诉也罢，所有停发金额如数退还一分不少。说着马克示意"好奶女秘"为我送行，还安慰说，你放心，暂停奖学金不算什么，我们会尽快给你结论的。我觉得一口闷气憋在胸口难以承受，吐不出咽不下。"好奶女秘"用手轻推我的肩膀，说有事可再预约。我甩掉她的手，预约预约，烦不烦呀你，你找我怎么从不预约呀，我哪也不去就在这儿，你凭什么停我奖学金，我没钱没法活，你管饭吗？马克转身关上他办公室的门，女秘书则高声警告我，王彼得，你再闹就报警了！

正当与"好奶女秘"胶着之际，顺便提一句，我坚信她没性欲，那对儿美乳肯定假的。就在这时，未逢，张曼玉式的未逢，出现在马克办公室门口。我一愣，她怎么会在这儿？莫非跑来看我热闹？我本就火大，见到她更火冒三丈：未逢你满意了吧，他们把我奖学金都停了，这回你解气了吧！未逢没说话，也没招呼女秘书，她一把拽住我胳膊，不容分说往外走。我发现她两眼发红，浑身散发着强烈的不规则气场，头发的香味儿也七零八落。

直到楼外停车场，我实在耐不住疑惑，一把挣脱未逢的手吼道，别拉拉扯扯的，搞得像跟老子开房，开房也不要你，你这被洋人干的货，你这出卖同胞的叛徒，麻利儿的，给我滚远点儿！未逢哇地大哭起来：

> 王彼得侬黑心肠，我不拉侬侬早被警察抓走了，没看到女秘书在拨电话吗？
> 那又怎样，老子不在乎，老子死了都不用你埋，你滚！
> 好啊王彼得，侬骂我，他也骂我，你们都骂我，我干脆去死算了，我不让侬惹尼摩船长，侬偏逞强，本来他都答应我不再跟侬斗了，可侬又去勾引琼，让我怎么办哪！我一听尼摩船长说马克正在找你，马上跑去悄悄告诉琼，想请她劝劝尼摩船长改变主意，可，可没想到……
> 没想到什么？
> 尼摩船长他……
> 这王八蛋怎么啦？
> 他，他把琼给骂哭了。
> 什么时候的事？
> 就刚才，在教室里厢。

啊啊啊，你大爷的，这就是砸明火呀，我绝不容你！

原来是这样，未逢从尼摩船长处得知我被马克传讯，心里紧张，她生怕事情闹大，就去图书馆找琼，请琼从中调解，毕竟尼摩船长追求过她。没想到琼这人眼里不揉沙子，她认为尼摩船长背信弃义，就跑去指责他。而尼摩船长又冷酷无情，他不仅不给琼面子，还当着同学的面把琼和未逢大骂一顿，什么脏话都骂出来。琼被他羞辱得痛哭失声，忍无可忍，发誓要发起全班联署，状告尼摩船长歧视少数族裔同学，他们正吵得不可开交呢。

我刚才还抱怨琼那套"沟通"理论，两军交战宁失数子不失一先，如果我先投诉，现在形势就完全不同，起码马克不敢停我奖学金！沟通是有条件的，琼这回算明白了，跟尼摩船长这种混蛋怎么沟通，当年玛雅人没少跟入侵者沟通，沟通得都"亡党亡国"了，奥尔梅克王国最后的玛雅人，不就因染上西方人传入的梅毒而被西班牙人全部烧光了吗，你去跟梅毒沟通呀？

可一想到琼为我无端受辱，现在也包括未逢，我的愤怒被点燃了。我情愿为女人受苦，但无法容忍女人为我蒙羞，奇耻大辱。此刻我脑子一片空白，只有一个强烈愿望，就是直面尼摩船长，跟丫死磕，为琼和未逢出这口气，为自己讨回公道。未逢拼命劝阻我，说她来就为提醒我，怕我做出极端事体，她最后甚至哭泣着向我悔过，王彼得，都是我不好，我嫉妒侬和琼要好，是我害了侬，我不想一错再错了。她痛心疾首叫喊着，手舞足蹈，滚烫的泪水冒起白烟。我什么也听不见，像看古老的无声电影，觉得她离我十分遥远。

7

深秋的黄昏丰富又深厚，它不像光泽，肯定不是直线，更像浓雾，将我包裹起来。空气因过分稠密而激情碰撞着，发出悲怆的交响。我甚至看到卡拉扬的身影，柏林爱乐乐团的旋律在空中飘荡，那里有圆号的雄浑，长笛的深情，还有单簧管的忧伤，它们抚摸我，阻挡我，浓缩着我脉搏的密度。四周寂静，像空旷的角斗场，我没有甲胄和武器，孤独的影子拉得很长，直达天涯。

　　还没走进教室，就在走廊上，尼摩船长亢奋的喉音已向我扑来。自他复出之后，我头一次听到他如此嘹亮的声音，比以往更加轻快欢畅，逼我想到歌剧《弄臣》中那首《女人善变》，咪咪咪嗖发来，来来来发咪斗，咪来斗斗西，来斗拉拉嗖，丫改行唱歌剧肯定是把好手。然而，正因为太抒情不同以往，让我立刻捕捉到其中有异，莫非为掩饰某种不安而虚张声势？更令我诧异的是，他并非在谈论与我的争斗，显然刚才与琼的争论已经停歇，而居然在大侃他如何驾驶奥斯汀号穿越勃朗姆危险海域的经历。我深感意外，上次说闯瓦登河口如果还有三分可信，那现在吹嘘独闯勃朗姆三角简直是天方夜谭！吹牛过界往往两种情况，一是喝高失控，二是因过度紧张借吹牛舒缓心情。他绝对是第二种，他投诉之胜难抵背信弃义的惶恐，琼的联署又加上一把火，搞得他进退失据，居然连独闯勃朗姆三角这样的胡话都抢出来。别说你，就是你祖宗也不敢！

　　关于勃朗姆海域应该说明一下。它与瓦登河口相比，简直是大象与跳蚤的关系，毫无可比性。勃朗姆三角位于长岛湾东端连接大西洋处，其危险程度堪称第二个百慕大。当年与老史出海时他一再叮嘱我，千万别靠近，看到那个条纹状航标了吗？看到了，好像比其他的大。对，对了，专为提醒船只绕行！勃朗姆在英文里是李子的意思，桃李的李，它的形状很像李子，故此得名。它的形成说法很多，有人说是美国独立战争期间，英国的舰队在此覆没，因太多冤魂所致。据我了解，真正的原因是，长岛湾被两岸地形环抱，水温高于大西洋三至五摄氏度。温差和河流排放造成海水对流，较高水温的长岛湾海水流向大西洋，较低水温的大西洋海水补入长岛湾，两股海流恰好在勃朗姆海域交汇，长岛湾的出海口又相对狭窄，不同温度的海水在此碰撞变幻莫测，这才是勃朗姆的由来。年复一年不知多少船只葬身于斯，丫尼摩船长连这牛都敢吹，若有人跟他抬杠，让他到勃朗姆海域走一遭，他敢去吗？纯粹自取其辱，整个儿一混蛋。

不过这不重要，让他吹吧。对我来说最重要的就是怎么对付他，如何一剑封喉力挽当前颓势。来的路上我已想好一计，就得羞辱他，激怒他，逼他忍无可忍对我动手，挑起第一滴血。然后，我以自卫姿态适度反击，不要怕吃亏，同志们哪，不要怕打碎坛坛罐罐，最好嘴角鼻子见血，煽情就得见血，像当年革命者受刑那样。尼摩船长比我高大，比我肌肉发达，比我船坚炮利，又先动手，还怕没人报警？只要警察一到，全齐，周边有那么多目击证人，桌椅板凳撒一地，任他红口白牙也说不清。人身伤害属联邦重罪，立马上铐子带走，没商量。只有这样才能制服他，为自己，也为琼和未逢出这口恶气。同时，他对我的投诉将因此失去合法性，而成为他一贯歧视少数族裔同学的口实，马克也保不了他。反正都是死棋，连奖学金都被停了，与其坐以待毙不如赌一把，死也拉个垫背的。

现在正好，既然他吹嘘独闯勃朗姆三角，我就顺杆儿爬，跟丫抬杠，当着同学的面恶心他，戳穿他的谎言，我就不信他能忍住？当然，后来的发展证明我当时太一厢情愿，低估了尼摩船长的分量。轻浮的人未必不精明，卑鄙的人未必不勇敢，上升时期的资本主义尽管贪婪龌龊，但逼到头上，照样有轻死易发的豪迈气概，对此我印象深刻，并险些付出生命代价。

我毫不犹豫一脚踹开门。嘿，不搭不配，正和尼摩船长打个照面儿。他看我我看他，只见他脸上那道浅浅的伤疤顿时变深了。我上来便问：

　　孙子，就你还闯勃朗姆三角哪？

　　我没跟你说话，请别打扰我。

　　你不觉得自己很卑鄙吗？

　　我不知道你在说什么？

　　我们明明和解了，你为何还去投诉？

　　什么意思？我不明白。

　　你这个说谎者，你懦弱得像鸡一样！

　　原本我想说勃朗姆三角的事，没忍住，还是归到投诉事件上。人的潜意识真很强大，像看不见的手左右着你。照理说我这话的力度不算轻了，鸡在英文里有胆小鬼的意思，非常贬义，男人，就连男孩儿都无法忍受这种羞辱。没想到尼摩船长愣这么稳当，四两拨千斤就挡了回来。第一拳打空我不禁急躁，不行，投诉事件他算胜利者，有足够的优越感承受侮辱，而我却越说越不自信，所以不能沿这个路子走，必须回到勃朗姆三角上，那才是他的软肋。

　　于是我话锋一转，撇开尼摩船长，而转向周边同学，向大家宣讲为何独闯勃朗姆三角是天大的谎言，勃朗姆三角的由来，勃朗姆三角的历史，美国第二次独立战争中，英国的舰队试图封锁包括长岛湾在内的新英格兰海岸，遭到美国激烈反抗。在这场战争中，美国重获巴尔的摩以北，缅因州以南的全部出海口，美国国歌也是在这场海战中诞生的。当时英国一支舰队在撤退时误入勃朗姆海域，全军覆没，上千将士葬身海底，连英国的舰队都不灵，更别说一条烂帆船了，还是装马达的，这在行内就算作弊，只有阳痿者才靠吃药性交。还什么勃朗姆三角，我看丫瓦登河口也没去过，什么狗屁船长，有不会玩儿船的船长吗？除了背信弃义欺负女人他还会什么，他能干什么，整个儿一废物点心。

哈哈哈哈。人们哄笑起来。

·

尼摩船长的脸突然暴红，那道浅红色对角线霓虹灯样闪烁起来。他终于没绷住，十，九，八，七，起爆！疯狂叫喊起来：

　　发客油王彼得，发客油王彼得，你以为美国妞儿是白干的？你不配，你不配得到那个美丽女人，你必须为此付出代价，我就是要投诉你，直到你滚回中国去！

　　少扯没用的，你就说去没去过勃朗姆吧？

　　去过去过就去过！

　　发客油，有本事你证明给大伙看？

　　那好，明天你跟我一起去，敢吗？否则闭上你狗嘴！

　　我凭啥去，跟我有狗屁关系，我也没瞎吹？

　　发客油，你敢去我就撤诉，敢吗？

　　我靠，大伙都听见了，这可是你丫说的？

　　听见又怎样，我说的，敢不敢吧？

　　嘿，你大爷的，不敢我是你奏的！

　　好，不去我是你奏的！

我俩旋即约定，明天中午十二点，长岛东头儿的绿港，从那儿下水，因为那里离勃朗姆三角最近，我们乘他的奥斯汀号，共同穿越勃朗姆海域。

这里按说该有段"风萧萧兮易水寒"式的描写。什么生离死别，什么霸王别姬，或者执手泪眼无语凝噎，甚至可怜无定河边骨，终是春闺梦里人，我轻轻地走正如我轻轻地来，挥挥衣袖不留下一片云彩，等等等等。请允许我省略这些定式。没错，当晚琼是要来找我的，她与未逢的态度不尽相同。未逢劝我别去玩儿命，说山不转水转的啦，命没了就什么都没的啦，只要保住命，至少还能申请其他学校的呀，惹不起躲得起，离开这里还不行吗？她甚至说，如果我愿意，她可以和我一起转学，我到哪儿她到哪儿。而琼没这么多话，她只问，彼得，今晚我想陪你？不，不要，谁都不要！我拒绝所有人的来访，我不想"精尽人亡"，神志涣散，我不需要任何人的陪伴。虽然窗外明月高悬星汉灿烂，深秋的月色总多一分撩人的惆怅，可这些对我毫无意义。

其实此刻对情感的任何期待，都因未能身临其境。正像理性的最高境界是情感，情感的最高境界也是理性。现在是两个赌徒的对决，拼的不光是命，更是意志。我当时太小看尼摩船长了，认为他点火就着，为面子不惜一切，没想到人家就不打第一枪，气吧，而且反守为攻，化被动为主动，将我逼入死角。也罢，狭路相逢，爷他娘也不是吓大的，你既然赌，咱就赌一把，光脚不怕穿鞋的，拉个洋鬼子垫背值了！现在的问题是，他明天真敢跟老子出海吗？我真敢跟尼摩船长出海吗？我大口运气，深呼吸，仔细盘算着手中这副牌，都是一条命，我的收益比他大，咱赌的毕竟不光是一口虚气，还有实打实逼尼摩船长撤诉，只要活着回来我就是赢家。在此形势下，按说收益越小心态越脆弱，奶奶的，老子豁了，就赌他明天不敢出海，我要步步紧逼，直到他临阵退缩为止，他不退我不退，因为本来我就无路可退。

8

第二天我最先抵达绿港。行前我电话尼摩船长，欲擒故纵，劝他放弃，不就撤诉吗，有嘛呀，你又没真去过勃朗姆的喽，何必为面子玩儿命？他则说：你打住，我如期而至！我们都同意尽量早到，以避开可能的围观者。

自与老史最后一次出海捕龙虾，这是我再次面对海洋。恰逢好天儿，晌午的太阳竟有烤人的味道，把萧瑟的绿港晒出夏意，枯萎的树叶伸展开来，连地上影子都肥大厚重了。空气因宁静而清新，海浪拍打停船的回声，似空洞的祭日梆鼓阵阵响起，又消逝在骚动的海面上，让四周凸显寥落。绿港镇不足千人，这个季节码头早已空空荡荡，寂寞堤栏上踯躅着流浪的海鸥，接客般四下顾盼着。一间小杂货店坐落在投币电话亭旁，门上斜挂着"营业"的招牌，风在轻轻吹。

我当然不希望尼摩船长真来，违约多省事，即便他不撤诉也信誉扫地，为琼的联署铺平道路。为此我还特意到那间小店买了两张当日彩票，作为绿港之行的凭证。我不明白，既然他不愿跟我动手，又何必拿命赌，这可比打第一枪严重得多，或者勃朗姆三角并没传说中那么可怕？不会是为了文明的使命，像十字军东征，与我这个东方人来场圣战吧？甭管为啥，眼下的事实是，尼摩船长的克莱斯勒越野车，后面挂着奥斯汀号帆船，终于出现了！它穿过宽阔的停车场，停靠在水边卸船的坡道上。我看到船尾公然装着马达，雅马哈2000型，足以带动十几吨的中型游艇，配奥斯汀号绰绰有余。对此我竟没有丝毫鄙视，反生同病相怜的庆幸，有马达总比没有强，什么事都怕将身比身。

瞧这架势是要死磕呀，你大爷的，咱也不能含糊，我他妈还就不信了！我主动上前帮尼摩船长将奥斯汀号推向坡道，哗一声放进海里，二十来米长的帆船猛然像玩具般细小。就在登船之际，远处停车场方向徐徐冒起尘烟，似有女人的喊声依稀传来，是琼和未逢她们吗？还有其他人的身影，皮影戏般在抽象的地平线上隐隐蠕动。尼摩船长突然开口，声音略显仓促。

彼得，你现在变主意还来得及。

绿港

这么说你同意撤诉了？

没有，我看不出你值得我这么做！

你会看出来的爷们儿，开船！

绿港，哗地变小了，海洋越来越大，我的心开始凝重起来。人们总说碧海蓝天，将海天归为一体，落霞与孤鹜齐飞，秋水共长天一色，天有多长，海就有多远。这是两个完全看不到边际的物体，与我们的关系颇似微分函数，当一个值趋向无穷大，另一个则趋于无限小。奥斯汀号走得越远，我和尼摩船长就越趋于无限小，小到连体积重量都失去意义。我们正驶进另一方空间，是笛卡尔坐标无法描述的，所有人间价值恩怨情仇，十字军也好，八路军也罢，统统被物质的渺小抵消了，只有当我俩无意中对视时才感到文明的存在。文明没啥大不了的，不过是赌徒间的游戏规则而已。

说不清走了多远，时间已经凝固。距离将海水变成深蓝，若无白色浪花的托衬索性就是黑的。这不仅是颜色变化，更是质感的突破，浅海的浪漫绿色其实并不真实，不过是海的伪装，给陆地留的面子罢了。只有走进深处，才能感到海水的浓稠，金属般的浆液沉沉滚动着，清刚冷冽，一旦落入马上即被融化。这种质感还体现在海水的响动上，一改岸边的缠绵絮语，完全像支庞大的军团在齐声吟唱。海浪摔打船头啪啪作响，船帆在风中呼冽冽嘶咛。我们看不到岸，心中的感触开始冲向底线，当文明的外壳层层剥落，剩下的则是实打实的人性本能。

一路上我们鲜有交集，直到我发现老史说过的那个条纹状航标，面目狰狞地在眼前晃动。这不是勃朗姆的边界吗，我靠！我忍不住大叫。本以为尼摩船长会有共鸣，可他呆呆望着我一片茫然。我突然发觉他对这支航标毫无所知，原来他从没到过这么遥远的海域，所谓独闯勃朗姆是彻头的谎言！你大爷的，我虽然怀疑他，但没想到他连勃朗姆的毛儿都没沾过,太离谱了!我异常愤怒,像收藏家遭遇赝品,对他充满蔑视,不禁破口大骂,发客油,你这鸡,你这骗子,既然你独闯勃朗姆,为何连那只航标都不认识?来来来,老子今天让你见识见识,你给我看清楚,跨过它就是勃朗姆海域,就是你我的葬身之地,麻利儿的,冲过去咱就功德圆满,我,我操你大,大爷的!我舌头抖得连不成句,只想大喊大叫,像"二十年后又一条好汉"们一样,人到这份儿上都要喊叫的。

尼摩船长没顾上反骂,丫尿了,面色潮红,嘴唇和对角线伤疤儿呈紫色。关键是眼神,片儿汤一样涣散,完全失焦。谎言被戳穿的羞耻窒息着他,他正被自卑与恐惧逼向崩溃。意志就是灵魂,是生命发动机,当意志坍塌发动机熄火,人的瞳孔立刻黯淡无光,这是可察觉的,像察觉死亡一样。尼摩船长一言不发,只顾死命拉动着方向帆,奥斯汀号开始倾斜,一侧悬空另一侧深深吃进海里,船在剧烈地转向,他正避免奥斯汀号向勃朗姆海域靠近!尼摩船长这个动作极大刺激了我。俗话说见了尿人压不住火,我俩之间,我终于感到我的气势第一次凌驾于他,我一直期待的赌徒对决正在来临,你大爷的!

> 说,你到底撤不撤诉?
> 我,我……
> 还没看出我值得撤诉是吗?
> 我我,我……
> 好吧,老子就让你看看!

言罢,我一把启动了船尾的马达,轰的一下。雅马哈2000型的强大动力立即让船帆黯然失色,奥斯汀号像京广高铁一条直线,向条纹状航标冲去。我屏住气开大油门,刺耳的轰鸣响成一片。尼摩船长本能地利用船帆与我抗衡,但很快发现徒劳无功。他终于崩溃了,对我大声嘶鸣，彼得，我同意撤诉，保证回去马上就撤，对不起对不起，我不想死，不想死啊！遗憾的是，尽管我看到尼摩船长嘴张嘴闭泪水蒸腾，但并未反应过来他在说什么。实际上我已进入半死亡状态，像跳楼者落地前的瞬间，所有求生机制正在关闭，对生的转复不再敏感。等我意识到他说同意撤诉时，撤诉一词毕竟美妙，可油门依旧，奥斯汀号已将条纹状航标轻抛天外，风驰电掣般闯进勃朗姆海域，太晚了！

或许船速太过疯狂，等我这口气落定，那支航标早不知去向。海水宽阔而平滑，没有刚才那些细碎的浪花，而像沙漠般漫延伸展，格外肃静空旷，连只海鸟都没有。奥斯汀号随巨大的海平面缓缓起伏，悠扬的节奏宛如《安魂曲》最终的合唱，绵绵不绝。我感到四肢在恢复知觉，浪花溅到脸上冰冷彻透，双手随马达的怠速微微颤抖着。尼摩船长死死抱住桅杆，眼神空洞洞深深插进我的身体。我惊魂未定，试图弄清身在何处，揣摩圣意一样聆听着海水。

　　我们，真进来了？
　　进了进了。
　　好像没什么呀？
　　没有没有。
　　你决定撤诉了？
　　决了决了。
　　那不用死了？
　　不用了，我都说撤了你还往前开，咱得冲出去呀兄弟！

有个特性是陆地上不明显的。地球是圆的，海水是弯的，这对小船来说尤为重要。我们位置太低，任何标记都稍纵即逝，海的弧度像墙一样会把物体变小吞没。我们找不到条纹状航标，只得凭直觉往回退，从原路退出勃朗姆海域。尼摩船长降下船帆，奥斯汀号完全靠马

达前行。但同样的时间段过去，为何还不见航标呢？斜阳渐带晚意，
轰动的辉煌永远是黑暗的前奏。我开始迟疑，拼命思索着所有可能的
参照物，奥特港开往新英格兰的轮渡能否经过这里？纽瓦克南下的货
船会不会打此路过？只要看到船，任何船，我们就有了方向。这时，
尼摩船长突然大叫，走反了，我们越走越深，赶紧调头，调头啊兄
弟！我一愣，明明原路返回怎么反了？如果越走越深，勃朗姆海域就
毫无标示？再说四周全是水，孰反孰正谁说得清？我问，你咋知道反
了？我知道，看太阳就能感到。尼摩船长十分确定。靠，那你刚才干
屁去了？对不起彼得，你朝这边开，相信我。也罢，本来我正找不着
北，又没理由拒绝他，于是便照尼摩船长所说调头转向。

　　我们不敢全速，怕再度落入越陷越深的绝境。身处险域又方向不
明，心中的恐惧可想而知在急剧加深。尼摩船长屡屡船头观望，像饥
饿的狗来回转圈，令人头晕目眩。为平缓心境，我主动问他，刚才你
说看太阳辨方向是咋回事？尼摩船长嘘了口气在我身边坐下，我能闻
到他身上微微的狐臭。

　　　　彼得，我们来时由西向东对不对？
　　　　差不多，应该是由西北向东南。
　　　　没错彼得，只要坚持向西北就能回到原处对不对？
　　　　对。刚才太阳正当中不好判断，现在开始下山就好办了！
　　　　对呀。还有彼得，长岛的位置有个偏角，落日偏西北，
　　这说明只要我们朝落日走就一定能回去！

　　说着他又要挥舞双臂，刚举起便放下了。他的话乍听有理，却反
证了他平日只做沿岸航行的事实。沿岸航行无需昂贵的导航设备，奥
斯汀号就没有，仅凭目测定位。这种经验并不可靠，当你失去参照
物，被铺天盖地的海水环绕，连太阳的位置都怀疑时，谁也帮不了

你。比如现在，谁保证我们一定能闯出去？大海面前无牛人，失去方向就是死亡，漫说太阳烤死你，没有淡水渴死你，吓也能把你吓死。有一回返航时老史的定位仪突然失灵，他被酒精浸红的脸立马绿了。事后还开玩笑说，彼得，我屎屎都吓进肚子里，没吓死再吓成公公那可惨了。想到此我朝下自摸一把，好像也小了很多。

说到薄如蝉翼会想起女人的丝袜，套上滚圆的大腿，吹弹可破，透明得几可乱真。随时间分秒推移，我们恐惧的底线也到吹弹可破的地步。这种压力一方面来自海上，平滑无际的海面像印第安人祭祀的舞蹈，重复单调，催眠术般缠住我们，令人绝望。还有光线，过半的斜阳突然间灿烂起来，正如屠格涅夫笔下的落日，晶光耀眼火焰般强烈。其实这完全不对，灿烂总在中天之后，往往与装饰相关，只有衰落才要装饰，五十开外的男女再风姿卓越，一上床全傻。因为求生，所以对光线极为敏感，我们害怕斜阳过半，我们害怕黑暗来临啊。尼摩船长停止踱步，他再次面带泪水歇斯底里对我吼叫着，发客油王彼得，我都说撤诉你还往前冲，冲个屁呀！你命不值钱可我的值钱，你凭什么拉我一起去死？发客油王彼得，我要杀了你！说着他向我扑来。我抢起船桨一把砸到他肩膀上，他惨叫一声跌倒在我面前号啕哭泣。我被激怒了，厉声道，既然你命值钱当初别赌啊？你真傻假傻，老子赌的就是你的命！这么跟你说吧，今天我还不回去了，就死在勃朗姆了，有你做殉葬品，我，我骄傲！

说罢我一转舵开足马力，奥斯汀号呼地掉头而去。尼摩船长惊呆了，他边哭边乞求我，对不起彼得，我一定撤诉，请回去吧，请回，回……欧买嘎，快看呀彼得，那是什么？我顺他手往前看，你大爷的，航标？那不是航标吗！是啊彼得，那是航标，我们有救了呀！我突然意识到什么，你保证撤诉？保证撤诉！绝不反悔？绝不反悔。不过彼得，这件事千万别跟任何人说好吗？我凝视着尼摩船长的双眼，你放心，我保证不提一字，说到做到！

奥斯汀号全速向前压去。远处的航标逐渐清晰起来，虽不是原先那支，但甭管哪支，只要是航标就足够了。尼摩船长高唱起美国国歌，"你看星条旗还在高高飘扬，在这自由的国家，勇士的故乡"，那副胜利者的姿态都让我后悔"不提一字"的承诺。我也长舒一口气，总算有惊无险，活着就比死强，何况还有女人等候，甜蜜的呻吟，柔软的肚皮，活着太他妈爽了！可是，可是，尽管已最大油门，奥斯汀号为何还无法靠近航标呢？我心骤然收紧，突然感到一股巨大海流正将船体横向推移，我必须拼命顶住舵轮，以避免船被海流挟持而去，海流巨大的推力像时针一样正将奥斯汀号吸入勃朗姆的深渊。

海流，海流啊！
什么海流？
海流，海流……
欧-买-嘎！

尼摩船长惊恐地瞪大眼睛，一个健步蹿到我身边，与我一起用双手紧握住舵轮，力保船的航向。我发现海流在画一个巨大的弧，航标恰是弧的切点，如果错过这个切点，我们将堕入万劫不复的漩涡，再无生还可能，原来这就是勃朗姆三角的奥秘，船只一旦陷入海流的磁场，任何机械力都难以抵抗。可我们分明离航标很近了，都看得很清了，我们必须做最后一搏！我与尼摩船长相印一视，

你是尼摩船长吗？
我是尼摩船长！
我爱你船长，其实我一直欣赏你的翩翩风采！
我也爱你彼得，你是条汉子！

没有你，生活将多么无趣！

我也这么想啊彼得！

可我们不能就这么死，这不是咱俩的性格，对吗船长？

对，你说吧彼得！

往回退。

往回退？

往回退更容易接近海流边缘。

你是说，越到边缘离心力越大？

然后全速沿切线冲过航标。

发客油王彼得！

发客油尼摩船长！

我们四只手握在一起，肩并肩攥紧舵轮，一点点儿让奥斯汀号的方向与海流切线笔挺一致。来吧，握紧了，千万别偏离方向，全速向前冲击！我与尼摩船长共同死命握住舵轮，将油门打到极限，冲啊，冲啊，我操你大爷的，发客油冲啊啊啊啊啊啊啊啊啊啊啊啊啊啊啊啊啊啊啊……

彩霞满天。航标，在我们身后，一切都过去了，一切。

回程路上尼摩船长问我：

彼得，你老说你丫你丫，丫是什么意思？

丫吧，就是个修饰词，没啥意思。

你是说，像英文里的前缀后缀？

哎，对了。

那我能说你丫吗？

不能。

为什么？

你最好别说。

欧儿了，明白了。

9

渡尽劫波，我们回来了。

可回来后的日子突然乏味起来，像中风患者一样寂寞。不知为何，我对琼和未逢的兴趣越来越淡，想起她们依然暧昧，可就疯不起来，野不起来。难以启齿的是，不好意思，我对马克先生的助理，那位"好奶女秘"的欲望与日俱增，几呈朝思暮想之势。这天我和尼摩船长又高了，奇瓦斯牌威士忌的后劲叫人疯狂。我问他，

那对儿好奶是真的吗？

绝对真的。

那她，灵吗？

应该灵啊，等等，几个意思啊彼得，又让我帮你搞定？

欧买嘎，你甭管了，一定戴套儿听见没？

知道，我备着呢。

2014年春节　纽约随波斋

后　记

感谢作家出版社出版我这本作品集，感谢邱华栋老师一路鼓励并为此书作序，感谢责编王烨老师为此书付出的辛苦劳动。对我来说这意义重大，甚至不光对我，对海外写手都是莫大的鞭策。海外写手缺乏天时地利，就这么胡打乱撞蒙着写，能得到作家出版社和大师们的认同实属不易。我读缅甸史时发现，当年土司所有重要活动都得有中国皇帝的牒文，否则不正规。此刻我有点儿像土司，这本书便是皇帝的牒文。

说起海外写手，不提则已，提起来难免一番感慨。我很羡慕国内专业作家的美妙人生，他们故事编得好，文字有个性，每每读起都让我感到惭愧，但不光是这些。更重要是他们潇洒自如的作家范儿，出门采风啊，请个创作假啊，不干别的也能养家糊口呀，这种肃然起敬的社会地位是我的梦想，我的理想国。海外写作可没这个好命，有些尴尬，生活本身是坚硬的，没收入就没饭吃，靠写作怎么活？海外华文报纸的副刊，千字顶多二十美元，一万字给你两百块，一万字那么容易写吗，人家还未必采用。要怎么说海外作家女士多，不打工也没人怪，能当作家何乐而不为呢。男人不行，男人是家里的顶梁柱，一家老小靠你养活，你倒当作家了，纯属找抽型。

这么一说就清楚了，在海外坚持中文写作得有宠辱不惊的气度。有一次我们老同学纽约聚会，我是人大工经系毕业的，同学中很多是干金融或做生意的，他们凑一块儿最爱聊股票、房子，要么高尔夫球、滑雪，他们说滑雪不要冬天去，得五月份，去科罗拉多或瑞士，那时的雪质最好，滑雪分几档，绿的、蓝的，最高级是黑的，人家专玩儿黑的，跳着芭蕾就下来了。咱没这经验，插不上嘴，一口一口喝茶。过半天有人问，九兄，还写着呢？听着就像还劳教着似的。

且不说像国内作家那般潇洒，海外写手连作家之名都难以承受。不管写得如何，出门遇见生人，你最好别用作家介绍自己。如果有人问，你是作家陈九？我得赶紧声明，喜欢，只是喜欢。海外中文写作的业余状态，很大程度上左右着海外写手的心态，写作毕竟不当饭吃，不当饭的事都算业余，业余就什么都不算，业余京剧演员叫票友，业余作家也只是爱好者，不算作家。这不仅是我个人的自嘲，现实生活也如此。海外华人的行当五花八门，行当以挣钱为准。国内的作家能养家，所以算行当。而在纽约，作家不能养家，就不能算行当。连当地领事馆举办宴会，国庆啊，春节啊，请当地华人代表大吃一顿，有工商界的，金融界的，开超市开餐馆的，连算命的都有，就没作家。本来么，美国是个英语国家，你的中文作品给谁看，没人看你算什么作家，美国人知道你吗，主流英文媒体承认你吗，你得过诺贝尔文学奖吗，没有，去去去，边儿待着去。

不光在海外不算作家，回国更不算。国内是中文之正统，是一条五千年不断的汉文化大河，我回国就觉得自己心里没底，不敢随便开牙。文字这东西看似形而上，其实它像韭菜大葱一样是从土壤里拱出来的。海外中文写作远离母语环境，本来就先天不足，既缺乏比较又难有借鉴，文字是在碰撞中发展丰富的，孤芳自赏很难出精品，更别说成什么大家了。顺便插一句，有些海外写手故意回避与国内文学界接触，装看不见，其结果只能是重复稚嫩，错过继承。对海外写手来说，与其孤芳自赏，不如抽些时间多关注国内文学界的发展变化，让文字感觉连着国内的脉搏，获取无穷无尽的营养。国内的好作家好作品层出不穷，像打喷嚏一样，哈喊一片，哈喊又一片，不必都看但不能不看。

　　既没面子也没里子，在海外坚持中文写作确实并不容易。为了写下去，我必须努力工作，让妻子儿女有体面的生活。在美国我读过两个硕士专业，一个是国际事务，这个专业未能让我找到体面的工作。另一个是信息系统管理，这个学位才给了我养家糊口的本钱，成为一名公共部门的主任数据师。这个工作好坏兼半，坏的是责任重大，数据系统出问题会影响整个系统的运行，须慎之又慎。好的是，责任大工作相对稳定，收入也相对合理，小康生活不必赊账，妻子能安心地画画，她是画家，这本书里的所有插图均出自她手，儿女能用上新款手机。这样我的长夜就安宁了，我可以当之无愧地躲进角落里，不接电话，别人叫我我敢装听不见，我怕被打扰，尤其在我施展变身术的时候，我在偷偷将自己变成故事中的主角，随着情节一同飞翔，乘着想象的翅膀在无边的自我中翱翔，把从小到大的恩爱情仇，把所有通过阅读和道听途说获取的信息符号，浸在情感里，再像撒尿和泥一样重组，一个光屁股小男孩在残阳如诉的绚烂中，纯净地玩耍。别让漂泊的恭卑暗淡我生命的意义，别让逼仄的文化氛围刺伤我的自尊，让一切孤零零的感觉滚开，把所有赞美和轻蔑置之度外。

　　我的内心是我的梦，是五彩云霞空中飘，天上飞来金丝鸟。

　　或许这正是我当下的写作状态，一个幽灵，一个孤独的幽灵在纽约徘徊。我在纽约从事中文创作二十多年，经历过很多写手来来往往潮起潮落的过程。但无论如何，仍有不少人执着行走在这条无助的寂寞之路上，包括我自己。有人说文学是功利的，语不惊人死不休，我看未必。我的感觉恰恰相反，海外中文写作虽说不伦不类，但起码有一利，写作动机是纯粹的，因为热爱，为构筑生命而记录情感，能发表固然好，即便无人欣赏，只贴在自己的博客上，还会继续写下去，这正是海外中文写作经久不衰愈演愈烈的原动力。你可以理解为这是对孤独的逃避，一种内敛自省的苦度，清风明月的独白，是无边无际的安静与放手，是为保持内心平衡，不被平庸的居家生活逼得去偷情或到大街上放枪，而给自己创造的宗教。我觉得自己是一部蒸汽机车，所有煤炭都已填进炉膛，就这一锅了，一槽烂，能烧多久烧多久，能跑多远跑多远，把所有滚烫的世俗抛开，天地悠悠长风浩荡，让我的多情和丰富在内心开花结果，然后腐烂。

如果说我是荡起双桨的小船，心底绝无"小船儿推开波浪"的浪漫轻松。只愿孤舟苦渡，早日成为伟大中华文化的沧海一粟。

谢谢阅读。

陈 九
2016年4月8日 于纽约随波斋